Entre tú y yo

Segunda parte de Anacronías en Brighton

Paula Martín Martín

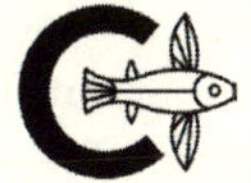

Entre tú y yo
Segunda parte de Anacronías en Brighton

Primera edición: 2024

ISBN: 9788410089426
ISBN eBook: 9788410143814

© del texto:
  Paula Martín Martín

© del diseño de esta edición:
  Caligrama, 2024
  www.caligramaeditorial.com
  info@caligramaeditorial.com

Impreso en España – Printed in Spain

I. Todos parecen saber algo

Habían pasado casi tres semanas desde que el accidente había tenido lugar y, durante ese tiempo, estar al tanto del Gracy's y del estado de salud de Sherly se había convertido en mi principal preocupación.

Los colores negro y naranja comenzaban a tomar protagonismo en las empedradas y concurridas calles de Brighton. Los vecinos parecían estar compitiendo por ver quién decoraba la fachada más llamativa y extravagante y los niños discutían acerca de quién luciría el disfraz más aterrador ese año. Los quioscos comenzaban a colgar carteles que incitaban a los viandantes a pararse y probar el mejor pastel de calabaza y, tras las ventanas de las casas, ya se percibía el resplandor de las velas de las cuales emanan olores cálidos y otoñales. No cabía duda de que, esta vez, el espíritu de Halloween comenzaba a abrirse hueco mucho antes que otros años.

Esa tarde, en el camino de regreso a casa, observé como dos señoras que pasaban por delante del antiguo Shinny Brunch hablaban de cómo el cartel de «Se traspasa» había sido cambiado por uno que decía «Cerrado temporalmente». Días atrás, mientras trabajaba en la pastelería de Sherly, había escuchado que al chico que había tenido el accidente el día del concurso le habían dado el alta y, claramente, hablaban de Luca.

Como dije, mi vida el último mes había cambiado mucho y, gracias al apoyo y comprensión de Mr. Taylor, había podido tomarme unas semanas de descanso en la academia para poder ayudar a Sherly con la pastelería mientras ella se recuperaba tras salir del hospital. Aun así, y pese a que eso había acaparado gran parte de mi atención, el estado de salud de Luca, la falta de noticias de Lili y las palabras que me dedicó en el escenario tampoco habían dejado de rondar por mi cabeza: «Ahora es a ti a la que le toca continuar la historia».

Al llegar a casa, lista para una necesaria puesta a punto y sacar a pasear a Ginger tras una mañana de mucho trabajo en el Gracy's, me topé de nuevo con el pasaporte y el reloj de bolsillo que había recogido del suelo tras salir despedido en el accidente. Había estado tan absorta en la que se había vuelto mi nueva rutina de las últimas semanas que no solo no había reparado en la necesidad de devolverle sus pertenencias, sino que, tal y como decía en su pasaporte, hacía poco más de una semana que Luca había cumplido veintiocho años. ¿Habría pasado solo su cumpleaños en el hospital? ¿Se habría producido ya el encuentro entre Lili y Luca tras los consejos de Mr. Taylor? ¿Y yo? ¿Debería buscar la manera de devolverle sus pertenencias personalmente? ¿Se acordaría Luca de nuestro encuentro previo al accidente? Y, después de lo sucedido, ¿rondaría por su cabeza poner fin a su largo viaje y volver a casa?

En ese momento, el sonido que produjo la correa al caer en el suelo me hizo dejar de cavilar y volver al momento presente, pues, aunque el cansancio y las ganas de quedarme en casa acurrucada entre mantas era lo único sobre lo que no tenía dudas, al parecer, mi vital e impaciente compañero de piso de cuatro patas no opinaba lo mismo. Ginger ya estaba de camino a la puerta, arrastrando la correa y revoloteando su diminuta cola color canela.

Al bajar, me encontré a Ralf en el portal y, como siempre, ese día, también parecía competir con el museo del Louvre en lo que a limpieza y pulcritud se refiere. A sus casi setenta y un años, me fascinaba ver como disfrutaba tanto de su trabajo, pasaba tres cuartas partes de su día entre las paredes del edificio y, aun así, no había día que no lo sorprendiera cantando y bailando canciones de los primeros discos de Taylor Swift mientras barría y fregaba los descansillos y saludaba alegremente a todo vecino que entraba o salía del ascensor. Sin duda, la vitalidad de Ralf era como el *shoot* diario de jengibre que necesitas para empezar bien el día.

Al verme llegar a la puerta, se quitó el casco de la oreja, corrió como pudo hacia mí y me entregó una carta que, según él, hacía unos días, alguien había dejado en mi buzón. Me dijo que imaginaba que, con el ajetreo de mis últimas semanas, no habría reparado en revisar el buzón. Le di las gracias, guardé la carta en el fondo de una de esas bolsas de tela con mensajes de Mr. Wonderful que a diario te recuerdan que eres la única protagonista de tu vida y salí del portal. Ese día no hizo falta decidir qué ruta tomar, pues Ginger ya había cogido rumbo hacia el parque Normin. No acostumbraba a pasear por allí cuando casi anochecía, mi relación con el parque Normin era la misma que con el deporte o con la espuma del café, siempre sabía mejor cuando era por la mañana; pero ese día, a pesar del cansancio, el frescor de la tarde y el aroma a menta y a tierra húmeda, parecía ser justo lo que necesitaba.

Habían pasado cerca de cincuenta minutos desde que Ginger y yo habíamos comenzado nuestro paseo. Lo notaba exhausto de tanto correr detrás de las gaviotas y de tratar de abalanzarse sobre alguna ardilla. Entonces, justo antes de volver a casa, divisé un puestecito del que salía un delicioso aroma a mazorca de maíz con mantequilla. Hacía años que no comía una, pero, solo con olerla, era inevitable recordar aquellos domingos en casa de mi abuela materna en los que mis primos y yo esperábamos impacientes a que llegaran nuestros padres con decenas de mazorcas de maíz para que mi abuela las pusiera en la plancha y las razonara para, posteriormente, repartirlas entre los once nietos. No pude evitar acercarme y, al ver la cara de entusiasmo que puso la señora que las vendía al ver que tendría una clienta a la que proveer de todas aquellas mazorcas que le habían sobrado del día, supe que, antes de ir a casa, debía pasar por casa de Sherly para asegurarme de que, al menos esa noche, su cena no tuviera como ingrediente principal el azúcar glas.

Al llegar a casa de Sherly, me llevé una grata sorpresa al ver que Trevor, su hijo mediano, había venido de Japón a pasar unos días con su madre después de lo ocurrido. Me alegré mucho al verle, ya que, normalmente, solo los veía en Navidad. Cuando llegué al salón, saqué de la bolsa las mazorcas de maíz que me había dado la señora del quisco, insistí para que siguieran poniéndose al día en lo que yo preparaba la mesa y servía un cuenquito de agua para que Ginger bebiera. Mientras estaba en la cocina, escuché cómo Trevor le preguntaba a su madre acerca de los últimos acontecimientos y trataba de ahondar en el incidente del día del concurso.

—Sí, hijo. Nadie se esperaba que una jornada tan mágica y agradable terminara con un incidente tan fortuito —le respondió Sherly.

—Pero ¿qué hacía Luca aquí? Y más, después de tanto tiempo —preguntó Trevor.

¿Acaso Trevor también conocía a Luca? ¿Por qué todos parecían saber algo de lo que yo ni siquiera había oído hablar hasta el momento? ¿A qué se debía tanto misterio en torno a las vidas de los Bianci?

Cuando volví al salón, no pude evitar preguntarle de qué conocía él a Luca y cómo era que hablaba con tanto conocimiento de causa. Sin duda, mi pregunta no solo tomó por sorpresa a Trevor, sino que también dibujó una mueca de sorpresa en la cara de Sherly.

—Pero, Álex, ¿a qué viene esa pregunta? ¿Y cómo es que tú sabes de él? —me preguntó Sherly sin quitar la mirada al plato que llevaba en las manos.

—Lo conocí justo antes de que comenzara el concurso. Había sufrido un pequeño percance con el tacón de mi zapato y él se presentó después de ayudarme a arreglarlo. Hasta que ocurrió el atropello y me di cuenta de cómo el sobresalto no se había debido solo al accidente, sino a quién lo había protagonizado, no sabía que nada unía a ese joven forastero con la señora Lili —le respondí.

Sherly y Trevor se dirigieron una mirada cómplice con mucha más información encubierta de la que yo era capaz de percibir. Fue entonces cuando Trevor se levantó, colocó el plato que llevaba en mis manos sobre la mesa y me invitó a tomar asiento.

—Verás, Álex. Luca y yo fuimos juntos al colegio. Desde pequeños siempre fuimos inseparables, jugábamos en el mismo equipo de baloncesto y compartíamos el mismo grupo de amigos. Él vivió aquí hasta que cumplió los quince años, cuando...

En ese momento, Sherly puso su mano encima de la de su hijo, lo miró y Trevor entendió que no debía seguir hablando de ese tema. Yo era incapaz de entender qué ocurría o, mejor dicho, qué había pasado que fuera tan grave como para que no debiera ser contado. Mi fatiga física y mental no ayudaba a que mi suspicacia me ayudara a profundizar más en el tema. Fue entonces cuando Sherly pidió a Trevor que nos acercara a Ginger y a mí a casa en coche; era tarde y entendió que ambas debíamos descansar.

II. Un encuentro fortuito

A la mañana siguiente, mientras me preparaba para ir al Gracy's, no podía dejar de pensar en la conversación en casa de Sherly. Las dudas que comenzaron rondando la vida de Lili se habían extrapolado a su relación con Luca y al porqué de su distanciamiento. Sin darse cuenta, Trevor, a pesar de no haber ahondado en ella, había continuado con la historia de Lili. Sabía entonces que Lili había pasado el tiempo suficiente en Inglaterra como para tener un hijo y que, a su vez, este pasara en tierras inglesas los primeros años de su vida.

Al salir del ascensor, saludé a Ralf y esto me hizo recordar que aún la carta de la que me había hecho entrega el día anterior seguía ocupando espacio en el fondo de mi bolsita de tela, pero esta vez no me había sentido en el *mood* de llevar conmigo una bolsita con una frase motivacional, así que la carta tendría que esperar hasta que regresara a casa para ser leída.

De camino al Gracy's, tuve que parar en el viejo mirador del puente Fluss. Los colores que pintaban el cielo esa mañana hacían que fuera un amanecer digno de ser fotografiado. Durante unos minutos, me quedé allí, parada, observando cómo las gaviotas se dirigían a la costa y cómo los colores del cielo se disipaban entre las nubes. En ese momento, la vibración de mi móvil dentro del bolso me hizo volver al momento presente. Rebusqué entre los mil recibos de pedidos que llevaba días posponiendo ordenar, los juguetes de Ginger que nunca sabía cómo habían acabado dentro de mi bolso y los envoltorios de caramelos de eucalipto que se habían convertido en mis nuevos aliados ahora que había llegado el otoño. Al encontrar el móvil, vi que era mi madre la que me había llamado. Me extrañó, pues desde la última discusión que habíamos tenido hace unas semanas, cuando le conté que había tomado la decisión de quedarme en Brighton un tiempo más, no habíamos vuelto a hablar. Quedaban menos de quince minutos para que el Gracy's abriera sus puertas y yo aún estaba a mitad de camino, así que guardé el móvil, aceleré el paso y me convencí de que tenía toda la jornada de ese día para armarme de valor y llamarla en el camino de vuelta.

Ese día nada parecía estar a mi favor. Parecía no recordar los consejos que, semanas atrás, Sherly me había dado para no llenar mis antebrazos de quemaduras al sacar las bandejas del horno. Tampoco ayudaba que el mismo día que la cafetera había decidido que solo iba a servir café de lo más amargo hubiera llegado la mayor excursión del IMSERSO vista en Brighton hasta el momento.

Al salir del Gracy's, decidí pasar por la farmacia antes de que cerrara y comprar una crema que evitara que las marcas de quemaduras en mis brazos siguieran multiplicándose. Justo al cruzar la esquina, me sorprendí al ver entrar a un chico de metro ochenta con muletas y magulladuras en los brazos. En ese momento, algo me hizo pararme y observar desde la esquina. Volví a sentirme como esa niña que se escondía tras las paredes de su casa para escuchar las conversaciones de papá y mamá. Tras unos minutos, pude verlo, era él, era Luca saliendo de la farmacia con dos bolsas llenas de cajitas y más vendas. No puedo explicar lo que sentí al verlo, fue una mezcla de alegría, alivio y tristeza verlo en ese estado. En ese momento, mi móvil volvió a protagonizar la escena, pero no bastó con la vibración, sino que la voz de Shawn Mendes se expandió por toda la calle como si de uno de sus conciertos en el WiZink Center se tratara. Noté como no fui la única que se sobresaltó con el tono de la llamada, antes ni siquiera de leer el nombre de «mamá» de nuevo en la pantalla del móvil tenía a Luca a menos de dos metros de mí. El corazón no cesaba en su pálpito constante y agitado. Una brisa tras mi nuca hacía que notara cómo se me erizaba cada uno de los pelos que cubría mi pálido y escuálido cuerpo. No podía creerme que, después de tanto tiempo pensando si volvería a encontrármelo, ese momento, al fin, hubiera llegado.

—¿Álex? ¿Va todo bien? —me preguntó sin apartar la vista del bolso, del que seguía saliendo un sonido de lo más escandaloso.

No pude evitar sonrojarme cuando lo escuché pronunciar mi nombre sin ningún atisbo de dudas.

—Mmm, sí, sí. Todo bien, es solo que no...

—No llegaste a tiempo de la llamada, ¿verdad? No te preocupes, si la noticia es importante, volverán a llamar.

Me interrumpió levantando una ceja y señalando mi bolso.

—Sí, exacto. Justo eso. La llamada. —No encontré oportuno confesarle que lo que me había sobresaltado no era la llamada en sí, sino que se percatara de mi presencia mientras yo me encontraba tras un callejón esperando a ver cuál sería su siguiente movimiento y hacia dónde se dirigiría.

Sin duda, había algo en ese chico que me resultaba magnético. Lo tenía en frente, con una mano vendada, dos muletas que lo ayudaban a mantenerse en pie y las manos llenas de bolsas que acababa de recoger en la farmacia y, en lugar de ofrecerle mi ayuda, yo solo podía pensar en lo agradable que me resultaba su presencia y en las ganas que tenía de que siguiera hablando sin importar lo más mínimo el contenido de la conversación.

—Bueno, y... ¿qué haces por aquí? ¿Tú también venías a recoger medicamentos a la farmacia? —me preguntó sin dejar pasar el suficiente tiempo para que fuera yo la que preguntara por el que, claramente, se encontraba en una peor situación de salud de los dos.

—Sí, la verdad es que venía en busca de alguna crema que me ayude con las marcas de quemaduras de mis brazos. Me estoy dando cuenta de que, tal vez, había subestimado el peligro que pueden tener unos pastelitos recién horneados —le respondí.

En ese momento, se acercó aún más a mí, agarrando las dos muletas con una mano y dejando caer el peso de su cuerpo sobre la pierna que, digamos, estaba en mejores condiciones, me agarró el brazo, pasó la yema de sus dedos por las quemaduras más recientes y me recomendó un ungüento casero que le habían enseñado hacer en uno de sus viajes al sur de Chile.

—Si tienes tiempo, en el hostal en el que me hospedo tengo un botito que siempre llevo conmigo en mis viajes. Me ayuda a calmar el picor cuando algún bicho considera mi sangre como la mejor opción disponible de la carta o cuando algún coral me roza al hacer esnórquel cuando de algún destino más paradisiaco se trata. Confía en mí, servirá para calmar la quemazón y te ayudará a quedar libre de marcas de guerra tras tus aventuras entre hornos y fogones.

¿En casa? ¿Acaso había pasado de pensar que la vida del chico que había conseguido quitarme el aliento pendía de un hilo minutos después de conocerlo a estar recibiendo un pase vip para poner un pie en la que se había convertido en su casa desde su llegada a Brighton?

—Te aseguro que no es ninguna propuesta indecente —se apresuró a aclarar, con una sonrisa algo vacilante y mirándose a él mismo de arriba abajo, al ver la cara de asombro que me había quedado tras la propuesta.

—No, digo... sí, claro. Creo que necesitaré algún componente secreto, tal vez aún desconocido por la industria farmacéutica, que me ayude —le respondí, forzándome a ocultar los nervios y la cara de tonta que, sin necesidad de un espejo, sabía que tenía.

De camino al hostal, no paraba de hacerme preguntas. Le interesaba saber acerca de mi familia, cómo era mi grupo de amigos, qué aficiones tenía y cómo era el lugar del que venía. Hablar con él me reconfortaba, me transmitía calma. En tan solo veinte minutos me había dado cuenta de que Luca era una de esas personas que te escuchan con los ojos. Me fascinaba ver cómo prestaba atención a cada cosa que decía sin esperar a que llegara su turno para responder, sino para entenderme y conocerme.

Al llegar al hostal, el leve sonido de las cuerdas de una guitarra me hizo mirar hacia la última planta y divisar pequeñas luces que resplandecían desde la terraza. Era un hostal pequeño, de unas seis habitaciones, algunas compartidas y otras individuales. Eran alrededor de las nueve de la noche y, a pesar de la melodía de fondo, todo parecía estar bastante tranquilo. Luca me invitó a pasar y me explicó que después del accidente le habían ofrecido cambiarse a la primera planta.

En ese momento, un chico salió del vestuario con la toalla enrollada a la cintura y el pelo aún con restos de jabón.

—Hey, Cam, te presento a Álex. Dice ser casi tan buena como tú jugando a juegos de mesa. Habrá que ponerla a prueba un día, ¿no crees? —dijo utilizando un tono un tanto burletero.

—Vaya, vaya…, así que tú eres la famosa Álex de la que tanto he…

Antes de que pudiera terminar la frase, Luca le había ya colocado su mano sobre la boca y le señalaba la toalla con una mirada un tanto amenazante.

—Vale, tío, lo capto. Fin de la conversación. Lo dicho, Álex, espero verte muy pronto de nuevo por aquí y que me demuestres eso que dices. Estaré encantado de demostrarte el manejo que tenemos los del norte cuando de conservar la honra se trata —me respondió, cogiéndome de la mano y haciendo una reverencia mientras le dedicaba un guiño de ojos a Luca.

—Vamos, Álex. Este pánfilo debe irse a dormir ya si no quiere quedarse dormido mañana y perderse de nuevo la serie de olas por las que lleva esperando desde que llegó —dijo Luca mientras le daba una palmadita en el culo a Cam.

No pude evitar sonreír al ver la buena relación que tenían. Sabía que en los hostales, donde se une mucha gente que viaja sola durante mucho tiempo, las relaciones son más estrechas, pero la verdad es que me sorprendió ver como en el poco tiempo que Luca llevaba en Brighton había hecho tan buenas migas con todo aquel que le rodeaba. Mis amigas siempre me decían que para saber si un chico merece la pena primero tiene que pasar tres filtros. El primero, que tenga una muy buena relación con su madre; el segundo, que se le acerquen los niños y los perros; y el tercero, que no tenga vergüenza a mostrar complicidad con sus amigos delante de una chica. Por un momento, parecí olvidarme de por qué estaba en ese hostal. No era una cita, simplemente había tenido el detalle de ofrecerle su ayuda a una chica que parecía recién sacada del *Último Superviviente*.

Al llegar a su habitación me invitó a sentarme en una pequeña butaquita que tenía cerca del tablón de madera que, supuse, hacía el papel de escritorio. Mientras buscaba la crema, observé como había tratado de hacer esa estancia lo más suya posible. De la pared colgaba una corchera donde había colocado los que consideré habían sido los billetes de avión de los últimos viajes que había hecho, entre ellos pude leer: Berlín, Barcelona, Ámsterdam y Lisboa.

—¡La encontré! Al fin, aquí tienes. Intenta ponértela al menos dos veces al día y no estar mucho tiempo expuesta al sol —me dijo mientras extendía su mano para que la cogiera.

—No sabes cuánto te lo agradezco, de verdad. Desde un principio, debí haber sido yo la que te hubiera ofrecido mi ayuda y, casi una hora después, aún ni siquiera te he preguntado cómo te encuentras después de lo que te ocurrió —le respondí avergonzada.

—No te preocupes. Me ha gustado sentir que, después de semanas, mis vendas y mis rasguños no se llevaban todo el protagonismo. Yo estoy bien, recuperándome poco a poco y esperando a que la policía devuelva mis llamadas con la noticia de que, al fin, han podido dar con mi pasaporte. Sin duda, fue un error volver a Brighton. Así que creo que es momento de volver a casa.

¡Su pasaporte! Pero ¿cómo le decía yo ahora que su pasaporte y el resto de sus pertenencias llevaban semanas en el cajón de mi mesilla de noche? ¿Cómo de raro sonaría decírselo una hora después de habernos encontrado? En ese momento, no se me ocurrió otra cosa que decirle que debía irme. Tomé a Ginger como excusa. Le dije que mi perro estaba solo en casa y que, si no llegaba pronto para sacarlo a pasear, comenzaría a mordisquear todo aquello que encontrara a su paso; y, la verdad, es que, en cierto modo, estaba en lo cierto. Cogí mi bolso, le agradecí lo amable y atento que había sido conmigo y le prometí que le devolvería la crema. Antes de marcharme, no pude evitar girarme y decirle que, tal vez, su cometido en Brighton aún no había terminado y que debía hacerle caso a la frase que había colgado en su puerta:

«Siempre será mejor vivir un ¿te acuerdas? que un ¿te imaginas?».

No le di tiempo a que se despidiera, en tan solo unos segundos ya me encontraba de camino a casa.

III. La llamada

Esa noche, mientras preparaba la cena y decidía qué serie sería la elegida para protagonizar la maratón de ese fin de semana, decidí armarme del mismo valor que me había faltado horas atrás y devolverle la llamada a mamá.

Desde que me había mudado a Brighton, mi relación con ella se había enfriado. Yo siempre había sido el ojito derecho de mamá, pero ella nunca entendió que, en lugar de aceptar la propuesta de quedarme como encargada en la empresa donde comencé a hacer las prácticas tras acabar la carrera, decidiera mudarme a una ciudad a la que, según ella, no me unía nada. Creo que, en cierto modo, siempre la culpé por no ayudarme a extender las alas que yo estaba dispuesta a usar. Ella sabía mejor que nadie lo perdida que me sentía y la ansiedad que me producía pensar en establecerme con tan solo veinte años en un sitio y ver pasar los años sin aventurarme y probar si, tal vez, la única realidad que yo conocía era más bonita vista desde otro lado.

Sentía como con cada tono de llamada ascendía el número de pulsaciones por minuto hasta que, al fin, descolgó el teléfono.

—Mamá, ¿me escuchas? ¿Estás ahí? —pregunté.

No obtuve respuesta hasta que, segundos más tarde, escuché lo que parecía ser una hiperventilación causada por el llanto.

—¡Mamá, me estás asustando! ¿Qué pasa? —exclamé alterada.

En ese momento, la llamada se cortó. Nunca supe si se debió a una mala conexión o si el fin de la llamada fue intencionado, pero, tras varios intentos, me sobresalté al ver que no era solo voz lo que había logrado escuchar al otro lado del teléfono, sino que de mi oreja salía una luz resplandeciente que me hacía saber que, esta vez, había pulsado la opción de videollamada. Al despegar el teléfono de mi oreja pude verla, era mamá, con un pañuelo en la cabeza y muchos cables alrededor. Ya no era ella la única que se había quedado sin voz. De hecho, es que ya no era ella.

La llamada duró cincuenta y siete minutos y cuarenta segundos. Durante los quince primeros predominaron más los silencios que las palabras, pero, una vez más, mamá me sorprendía con su fuerza y valentía. Me contó que había tardado tanto en contármelo porque no encontraba el coraje para contarme que su llama se estaba apagando sin saber si yo había conseguido avivar la mía. Me contó también que tardó varias semanas en ser consciente de lo que estaba sucediendo tras escuchar el diagnóstico y que no fue hasta la tercera sesión de quimio cuando realmente comprendió que, con su pelo, también se estaba yendo una parte de ella, y que las secuelas que le dejaría la enfermedad irían mucho más allá de las cicatrices que quedarían en su pecho. Me habló de cómo se lo había tomado papá y me quiso tranquilizar contándome lo arropada y agradecida que se sentía por el cariño y el apoyo que a diario recibía por parte del resto de familiares, amigos y personal sanitario, pero también me confesó que llevaba meses sintiendo que habitaba el cuerpo de una extraña y que no sabía si, con el tiempo, todo lo que se estaba llevando el cáncer le sería traído de vuelta.

La llegada de la enfermera hizo apresurar el fin de la llamada.

—Te llamaré pronto, hija, lo prometo. Cuídate mucho y ten siempre presente lo mucho que mamá te quiere —apuró a decir antes de que se cortara la llamada.

En ese momento, fui incapaz de mantenerme firme. Primero, dejé resbalar el teléfono hasta que impactó contra el suelo. Después, fui yo detrás. Ginger corrió hacia mí tratando de abrirse hueco entre mis brazos y mis rodillas. Me sentía como una niña indefensa que habían dejado olvidada en alguno de los pasillos de unos grandes almacenes. Sentía ira, rabia y vulnerabilidad al mismo tiempo. Me sentía culpable, me sentía egoísta y me sentía dolida. Dolida conmigo, con ella y con cómo sentía que se estaba torciendo todo en los últimos días. ¿Qué debía hacer? ¿Acaso era esto una señal para que volviera a ocuparme de mí, de mis asuntos y encauzara, al fin, de una vez mi vida?

Pasé el fin de semana entre facturas, pagarés y alguna que otra búsqueda, que mejor no haber hecho, en internet. Acompañé a Sherly a la última revisión con el médico y, entre los tres, concluimos que le vendría bien volver, poco a poco, a recuperar su actividad habitual. Al salir de la consulta, Sherly agarró mis manos con fuerzas y me dijo lo profundamente agradecida que estaba por el enorme esfuerzo que había hecho por ella las últimas semanas. Me dijo lo orgullosa que estaba de mí, lo bien que lo había hecho y lo tristes que se pondrían todos al ver que no merodearía de nuevo por allí todos los días, pero que ya era tiempo de que cada uno ocupara el lugar que debía y que, si se lo permitía, con todo el dolor de su corazón, creía que el mío, en ese momento, no era Brighton.

Nunca pensé que las palabras de Sherly, lejos de desconcertarme, me produjeran tanta calma. Sin duda, una vez más, estaba en lo cierto. En ese momento, mi lugar no estaba horneando pasteles en el Gracy's, ni impartiendo clases en la academia de Mr. Taylor, ni siquiera saliendo a correr cada mañana por el parque Normin o divisando el peregrinaje de las gaviotas cada fin y comienzo de estación desde la bahía. Por mucho que me costara asimilarlo, mi lugar, al menos en ese momento, ya no era Brighton.

Esa tarde, tras una larga llamada con papá, comencé a organizar mi agenda. Sabía que debía marcharme, pero no sabía por cuánto tiempo. Aun así, estaba convencida de que esas últimas semanas en Brighton consistirían en infinitos viajes de ida y vuelta al banco, numerosas llamadas con la casera, el ayuntamiento y correos y muchas despedidas para las que aún no estaba preparada. Sabía que, aunque el motivo de mi marcha estaba claro, irme de Brighton no iba a ser tarea fácil.

Mientras clasificaba el papeleo y toda la documentación que debía presentar esa misma tarde en la embajada, encontré unos cuadernillos que hacía unos meses había cogido prestados de la academia del señor Taylor. Junto a ellos, había una foto nuestra del día que inauguramos el cursillo de verano para los más pequeños. Recuerdo perfectamente lo indignado que estaba el señor Taylor por tener que ponerse una corbata. Él siempre decía que la elegancia se lleva por dentro y que lo demás son ornamentos innecesarias que se ponen aquellos que no habían sido bendecidos con su porte. No pude evitar reírme al mirar la foto. Me sentía profundamente agradecida por la confianza que había depositado siempre en mí y por lo comprensivo que había sido siempre conmigo. Valoraba mi entrega, mi predisposición y mi honestidad por encima de los conocimientos que pudiera tener y me enseñó el valor que tiene formar un equipo en el que predomine la admiración y la confianza. Sentí que era el momento de expresarle todo lo que, tanto él como sus enseñanzas, habían significado para mí, así que cogí la foto y se lo escribí.

Decidí acercarme a la academia para ponerle al día de los últimos acontecimientos y decirle que tenía razón. Que a veces las decisiones más importantes no tienes que tomarlas tú porque ya la vida se encarga de tomarlas por ti. Al contarle cuál era la situación de mamá, dejó de lado su coraza y me abrazó. Me dijo que me entendía y que, aunque mi ausencia se notaría más de lo que yo jamás me podría imaginar, estaba haciendo lo correcto. Me invitó a pasar y a despedirme de los que habían sido mis alumnos durante más de tres años. Sentía un nudo en la garganta, una sensación agridulce que hacía que las lágrimas de mis ojos, a pesar de tener un componente de pena, fueran en su mayoría de alegría. Me sentía tan querida que era imposible empañar ese momento. Al salir, pasé por su despacho y dejé en su mesa la foto. Estaba segura de que, al leerla, en él se repetiría esa misma sensación que yo había experimentado minutos atrás.

Al salir de la academia, rebusqué en el fondo de mi bolso para encontrar las llaves que abrían el candado de mi bicicleta. Junto a las llaves, vi el sobre que días atrás me había entregado Ralf en el portal y, a pesar de que el tiempo en la academia del señor Taylor se había pasado volando y faltaban apenas unos minutos para mi cita en la embajada, decidí abrirlo. Dentro del sobre, había una carta que me recordaba que aún había un premio que debía recoger y que, de no hacerlo antes de fin de mes, el premio quedaría anulado. Quedaban tan solo cuatro días para que finalizara el plazo y yo no hacía otra cosa que ir contra reloj.

Antes de volver a casa, pensé que sería buena idea pasarme por el Gracy's y ver cómo se las estaba apañando Sherly tras su vuelta. Al llegar a la calle, decidí no entrar, me quedé unos minutos mirándola desde la acera de enfrente. Era la persona más tierna y carismática que jamás había conocido. En ese momento me di cuenta de que si tuviera que resumir los tres años en esa maravillosa ciudad, sin duda, ella sería mi mejor resumen.

IV. Fecha de expiración

Llevaba noches sin poder conciliar bien el sueño. Desde la llamada de mamá, me sentía inquieta e intranquila. Quedaban apenas siete días para coger un vuelo que no solo me llevaría de vuelta a casa, sino, también, a mi vida de antes.

Esa mañana recibí una llamada avisándome de que, en las próximas veinticuatro horas, podía pasarme por la oficina de extranjería a recoger mi pasaporte. Eso me recordó que, a pesar de la tranquilidad que me producía ver cómo la *to do list* se acortaba, seguía posponiendo aquello que no sabía de qué manera afrontar.

Recogí mis cosas y, antes de salir de casa, junto al comprobante que debía presentar en la oficina de extranjería, se encontraba el sobre que me había sido entregado días después del concurso. Apresuré mi marcha, no sin antes meter el sobre en el bolso. Ver ese sobre encima de la mesilla de noche me hizo darme cuenta del frenesí que había vivido los últimos meses. Habían pasado tantas cosas en tan poco tiempo que el proceso de asimilación se había visto interrumpido una y otra vez, hasta el punto de nunca llegar a darse. Ese sobre era la prueba de que el tiempo no espera y de que las cosas importantes, la mayoría de las veces, tienen fecha de expiración.

Al llegar a la oficina, me hicieron coger número y pasar a la sala de espera. Allí pude observar a una mujer de unos treinta y tantos con una niña en brazos. La mujer parecía nerviosa, no dejaba de mover la pierna y de mirar fijamente a la pantalla esperando ver el número del papel que colgaba de su mano reflejado en ella. Supongo que cualquier trámite en la oficina de extranjería es sinónimo de un posible nuevo comienzo o, al menos, de un cambio.

El tiempo allí dentro pasaba a un ritmo abrumador. Llevaba casi cuarenta y cinco minutos esperando cuando escuché una voz que me resultó familiar. Dirigí la mirada hacia la puerta y lo vi. Era Luca hablando con una de las chicas del mostrador de la entrada. Una de ellas lo acompañó hasta la máquina donde debía pulsar el motivo de su asistencia para que esta imprimiera así un *ticket* con el número por el que, posteriormente, le llamarían.

Al entrar en la sala de espera, me alegró ver que ya caminaba sin el apoyo de las muletas y que los rasguños de sus brazos habían desaparecido. Decidió no tomar asiento y quedarse apoyado en una de las columnas de la entrada; imagino que confiaba en que el proceso de espera fuera rápido, aunque nada más lejos de la realidad. Como en las dos ocasiones anteriores, su presencia se hacía notar. Yo, desde mi asiento al fondo de la sala, no podía parar de mirarlo. Pese a su atractivo aspecto, su mirada triste se llevaba gran parte del protagonismo. Estaba segura de que el hecho de que hubiera pasado algo más de un mes del accidente y él siguiera en Brighton tenía mucho que ver con que yo no hubiera dejado de posponer devolverle su pasaporte. Supongo que una parte de mí, después del último encuentro, confiaba en que desistiera en su búsqueda e hiciera justamente lo que estaba a punto de hacer, comenzar con los trámites para obtener uno nuevo.

Un leve zarandeo, propiciado por el señor de mi derecha, me hizo dirigir la mirada hacia la pantalla.

—Señorita, creo que es su turno. No se demore o pasarán al siguiente —me dijo amablemente.

—¡Sí, tiene razón! Es mi número. ¡Muchas gracias! —le respondí algo agitada.

De camino al mostrador, Luca, como era de esperar, se percató de mi presencia. Me hizo un gesto con la mano acompañado de una sonrisa de lo más tierna. Le devolví el saludo y apresuré el paso hacia el mostrador antes de que los colores de mis mejillas me delataran nuevamente. Tardaron algo más de veinte minutos en asegurarse de que todas y cada una de mis huellas quedaban registradas, no recordaba la última vez que me habían hecho firmar tantos papeles y responder a tantas preguntas.

Al salir, me sorprendió no verlo en la sala de espera ni en ninguno de los mostradores. Mientras sacaba el casco de la bici y me aseguraba de que todo estuviera bien sujeto en la cesta, escuché a alguien gritar mi nombre.

—¡Álex! ¡Álex! ¿A dónde vas con tanta prisa? —me preguntó mientras se acercaba a mi bicicleta.

—Pensé que te habrías cansado de esperar tu turno y te habrías ido. Me extrañó no verte al salir —le respondí sin dudar en hacerle ver que yo también estaba pendiente de él.

—Ya sabes, es la parte buena de tener contactos. A veces puedes ahorrarte varias horas de cola —me dijo guiñándome un ojo con un tono algo chulesco pero aún adorable.

—¡Vaya! Pues ¡qué suerte! —le respondí a pesar de no saber a lo que se refería.

Yo era de esas que por pudor, por vergüenza o, como dirían mis amigas, por «bien queda» hacen incluso más cola de la que corresponde. Igualmente, sonreí y le asentí.

—Me alegro de ver que te has recuperado. Te ves muy bien. Quiero decir... que, al fin, se te ve mejor. —No se me ocurrió nada mejor que responder.

No podía creerme que le hubiera dicho eso. ¡Qué vergüenza! ¿Qué demonios me pasaba cuando tenía a ese chico delante?

Él sonrió, me dijo que yo tampoco andaba nada mal de las quemaduras de mis brazos y, percatándose de mi nerviosismo recurrente, optó por cambiar de tema.

—¿Te apetece ir a tomar algo? Hoy en Finn's sirven las mejores tartaletas de queso crema de toda la zona sur. Sería un pecado no ir a probarlas y tú, con esa carita de ángel, no tienes pinta de cometer pecados —dijo, haciéndome ver de nuevo que la del pudor y la vergüenza era solo yo.

—La verdad es que suena tentador, pero hoy el tiempo no juega mucho a mi favor. Tengo que pasarme por el ayuntamiento antes de que acabe el día y he de empezar a hacer las maletas —respondí.

—¿Maletas? ¿Acaso el ángel piensa alzar su vuelo pronto? ¿Unas vacaciones, tal vez? —preguntó curioso.

—No exactamente. Lo cierto es que... —El sonido de mis tripas interrumpió mi momento de desahogo.

—Uy, uy, no quiero parecer insistente, pero parece que tus tripas han decidido por ti. Si no recuerdo mal, aún quedan un par de horas para que cierre el ayuntamiento y estoy seguro de que al alcalde no le importará que hagas una paradita en *boxes* antes de ir a hacerle una visita. ¿No crees? Además, me muero de ganas por saber tu próxima aventura. ¡Te veo allí! —

dijo mientras se alejaba en su bicicleta y señalaba el casco de la mía.

De nuevo, parecía ser la vida la que seguía tomando las decisiones por mí, pero, esta vez, lo cierto es que no tenía nada que objetar.

Al llegar al Finn's, me invitó a elegir mesa mientras él, no contento con saludar a todos y cada uno de los camareros, entraba a cocina para saludar también a aquellos que se encontraban entre los fogones. Según él, ellos eran los responsables de que sus tripas sonaran, más de una noche, recordando el sabor y la textura de las famosas tartaletas de queso.

—Bueno, ahora sí. Una buena aventura siempre ha de ir acompañada de un buen mojito de sandía —afirmó mientras colocaba los vasos en la mesa.

—La verdad... es que yo no bebo —confesé, temiendo ver en su cara un gesto de desconcierto.

—¡Mejor! Porque estos son sin alcohol. La verdad es que en mi familia el alcohol ya no es bien recibido —dijo sin darle mayor importancia al tema.

Me pareció totalmente inapropiado tratar de indagar más en su confesión, pero ¿a qué se refería con que ya no era bien recibido?

—¿Y bien? Más vale que empieces a soltar información por esa boquita porque me conozco y sé que mi nivel de concentración irá disminuyendo según el olor de las tartaletas se vaya acercando —me dijo mientras señalaba el huequito por el que los cocineros dejaban los platos ya listos para que los camareros sacaran las comandas a la sala.

—No es precisamente una aventura el motivo por el cual hacer maletas y arreglar papales se ha convertido en mi pasatiempo de los últimos días. Hace días me di cuenta de que, cuando tomas una decisión, siempre renuncias a algo y, a pesar de todo lo bueno que ha traído Brighton a mi vida, no era consciente de que las cosas que dejé atrás tal vez no estarían ahí para mí del mismo modo que estaban antes, cuando decidiera volver —relaté.

—Pero ¿ha pasado algo que te haya hecho apresurar tu marcha? —me preguntó.

En ese momento, llegó el camarero con una bandeja repleta de las famosas tartaletas de queso crema y, pese al ansia que Luca había mostrado minutos atrás, ahora parecía estar más interesado en mi relato que en meterle mano a ese plato que ahora parecía ser a mí a la que estaba haciendo salivar.

—¿No te importa si continuamos la conversación en otro momento y disfrutamos ahora de la delicia que tenemos delante? Ahora veo que no exagerabas con lo que decías —dije mientras me atrevía a ser la primera que se sirviera una en el plato.

—Vale, me parece justo. Pero, si me lo permites, ya que no sé cuántos encuentros más queden antes de que alguno de los dos se marche a su país, aprovecharé para saber más acerca de la vida de la misteriosa Álex. ¿Te parece bien?

Me parecía curioso ver de qué manera se habían intercambiado los papeles. Hasta hace apenas un mes era yo la que concebía su vida como misteriosa. Había pasado semanas reviviendo los primeros encuentros con su madre, tratando de descubrir más acerca de las historias que Lili narraba en su libro, preguntándome por qué Sherly no había dejado que Trevor contara el motivo por el que Luca abandonó Brighton y ahora... ahora parecía ser él el interesado en saber más sobre la mía.

—Vale, dispara. Aunque no me hago responsable si alguna de las respuestas no satisfacen tu curiosidad o si, tal vez, te decepciona saber que los ángeles también tienen derecho a cometer algún que otro pecado —respondí tratando de sonar lo más segura y convincente posible a pesar de saber que, por dentro, me había sentido totalmente ridícula.

—Vaya, vaya. Hecho. Asumo las consecuencias. A ver, dime, ¿a ti qué cosas te hacen realmente feliz, ángel caído? —me preguntó sin apartar sus ojos de los míos.

Preguntarme eso a mí es como pedirle a un niño que escoja solo tres gominolas al colocarlo delante de una vitrina repleta de ellas. Si algo se me había dado siempre bien era saborear las pequeñas muestras de afecto de la vida. Me consideraba amante de lo natural, de lo espontáneo, de todo aquello que pronunciaba los hoyuelos de mi cara.

—Pues supongo que me hace feliz el olor a crema solar, la sensación de paz que produce la brisa que corre bajo la sombrilla mientras el sol calienta tus pies. Me fascina que se me erice la piel tras presenciar un gesto amable entre dos personas, la calidez de un abrazo o que las líneas que algún día escribí sigan siendo capaces de transportarme a lo que estaba pasando en mi vida en ese momento. Me encanta la Navidad y me gusta mezclar dulce con salado y raspar los bordes de cualquier bandeja de comida que haya sido cocinada al horno. Me gusta conectar con mis alumnos y ser algo más que una emisora de conocimiento para ellos. Me gusta ser parte u oyente de una buena conversación, pero, sobre todo, me gusta la gente que sabe hacer buenas preguntas.

Notaba como era incapaz de apartarme la mirada. Pero, al contrario de otras veces, esta vez, me sentía tranquila. Pasamos horas hablando. Me contó que tenía un hermano. Aunque minutos más tarde, por el rumbo que iba cogiendo la conversación, me di cuenta de que hablaba de Brownie, su perro. Me contó también que, entre sus grandes pasiones, estaba el surf, la música y, por supuesto, viajar. Que desde que tenía uso de razón se recordaba a sí mismo con una maleta en la mano. Que había dormido en más aeropuertos, estaciones y albergues de los que jamás podría haber imaginado y que, sin duda, lo que más le fascinaba era lo que aprendía de la gente en cada uno de los viajes.

Mientras salíamos, una notificación en el móvil me hizo darme cuenta de lo tarde que se había hecho. Quedaban apenas unos minutos para que el ayuntamiento cerrara y, por mucho que apurara el ritmo, ya no me daría tiempo de llegar. Luca se disculpó varias veces por haberme entretenido y me animó a intentar volver al día siguiente, según él, desde que vieran mi cara de niña buena no dudarían en acceder y hacer la vista gorda. Al despedirnos, le dije que había pensado en hacer una fiesta de despedida en mi casa. Quedaban tan solo tres días para Halloween y qué mejor ocasión que esa para hacer una despedida por todo lo alto. Además, le dije que le había encargado a Sherly muchos más pastelitos de los que cualquiera de los invitados sería capaz de comerse, pero, después de ver cómo había hecho desaparecer la bandeja entera de tartaletas, no me cabía la menor duda de que con él en casa no tendría que repartir táperes a todos los que se animaran a venir.

—Puedes decirle a Cam que venga. Tal vez sea un buen día para demostrarle quién es la reina de los juegos de mesa —le dije tratando de imitar su habitual guiño chulesco.

—¡Eso está hecho! Te sorprenderé con mi disfraz —me gritó mientras se subía a la bicicleta.

—¡No lo dudo! Siempre lo haces… —murmuré mientras se alejaba.

V. La fiesta

Telas de araña, sábanas blancas, bichos comestibles y muchas más manchas de sangre falsa de las que me gustaría reconocer bañando el suelo de parqué. Había llegado el día de la fiesta y con él, mi última noche en Brighton.

Había pasado toda la tarde decorando la casa, pero aun así era imposible competir con la de los Harley. Las luces de su fachada iluminaban todo el vecindario y las enormes cestas de mimbre que habían colocado a cada uno de los lados de la puerta principal hacían que esa fuera la primera casa que todos los niños querían visitar.

Poco a poco empezaron a llegar los invitados. Ginger estaba encantado de llevar puesta una sabanita blanca que cubría todo su cuerpo a excepción de sus ojos y, cada vez que sonaba el timbre, se escondía tras la puerta para dar la bienvenida a cada uno de los invitados. Los primeros en llegar fueron Haily y Mathew; nos conocimos el primer año que llegué a Brighton trabajando en una cantina cerca de la bahía. Eran la pareja imperfecta perfecta. Tanto era así que su disfraz era el reflejo de lo que ellos eran como pareja. Haily iba vestida de cisne negro, elegante, imponente y prestando atención hasta el más mínimo detalle. Mathew, por su parte, consideró que sería buena idea coger su mono de trabajo y disfrazarse de Mario Bross. Unos minutos después llegó Trevor sorprendiendo con la compañía de Aiko, una compañera de trabajo que, más tarde, nos enteraríamos de que en unos meses se convertiría en su mujer. Ahora ya era más fácil comprender el motivo por el que su estancia de un año en Japón se había prolongado casi el triple.

Al cabo de media hora éramos unos quince y aun así el timbre no paraba de sonar, a veces eran niños gritando «truco o trato», otras nuevos invitados que iban llegando y, a pesar de haberles advertido de que no debían traer nada, todos venían con las manos llenas. Uno de los invitados me avisó que alguien estaba gritando mi nombre desde la calle. Me acerqué a la ventana y los vi, eran Luca y Cam disfrazados de vampiro y hombre lobo. Me hicieron señas para que les abriera. ¡Fallo mío! Si das la dirección, es importante mencionar también el piso en el que vives. Aproveché los seis minutos que tardarían en entrar en el portal y subir andando por las escaleras para ir al baño y retocarme el maquillaje. Nunca había sido de maquillarme mucho, pero siempre había pensado que la cantidad correcta de rubor en las mejillas da un toque dulce que, incluso en Halloween, no viene mal resaltar. Me sorprendió mi agilidad, pues, antes incluso de que tocaran, ya les estaba abriendo la puerta.

—¡Guau! —exclamó Luca nada más abrir la puerta.

—Hola, Álex. Este imbécil quiere decir que estás muy guapa. Perdónalo, parece que todavía no lo he adiestrado lo suficientemente bien para que aprenda a comportarse en público. Por cierto, muchas gracias por la invitación —me susurró Cam mientras miraba de reojo a Luca.

En ese momento, no pude evitar que me saliera una carcajada. Agradecí su explicación y le invité a pasar a pesar de que sus pasos firmes pasillo adentro daban a entender que ya se sentía como en casa.

—Y a ti... Muchas gracias, supongo. Quién hubiera dicho hace unas semanas que el chico con muletas y lleno de rasguños era en realidad un vampiro —dije tratando de romper el hielo.

—Perdona, de verdad. Quería decir que estás realmente guapa, Álex. En tu caso, tengo que decir que no has roto ningún estereotipo. Eres justo como me imaginaba que sería un ángel —dijo sin mostrar ningún tono de burla.

Al entrar en el salón, vimos a Cam más que integrado con el resto. Haily y Mathew le habían servido un chupito de bienvenida y le habían retado a comerse uno de esos ojos de gominola que explotan al morderlos. Ahora, con dos chorretones de líquido rojo escurriendo por su barbilla, era él el que parecía ir disfrazado de vampiro. No pude evitar reírme y dirigirme a Luca para que también él presenciara la escena. Al girarme, me di cuenta de que ya no lo tenía detrás. Me acerqué a la cocina y vi cómo los ojos de Trevor se llenaban de lágrimas antes de fundirse en un abrazo con Luca. No cabía duda de que el anhelo por reencontrarse con su mejor amigo era mayor que la curiosidad por saber qué había ocurrido desde la última conversación que tuvimos para que Luca terminara en mi fiesta. Sentí que debía dejarlos solos, al fin y al cabo, si había entendido bien a Trevor, llevaban casi quince años sin verse. Invité a Aiko a acompañarme al salón diciéndole que, si aún no lo había hecho, debía probar los pasteles de canela que le había encargado a Sherly antes de que el señor Taylor acabase con ellos.

Después de un rato bailando y accediendo a jugar a todo aquello que Cam proponía, aparecieron Trevor y Luca con el brazo por encima el uno del otro. Me gustaba verlos juntos y me alegraba haber sido, en parte, la responsable de que volvieran a encontrarse.

Aproveché el momento en el que todos estaban integrados en la fiesta para buscar un lugar tranquilo y llamar a papá. Sabía que esa tarde mamá había tenido su sexta sesión de quimio y también sabía que la última no había ido bien. De camino a la habitación, no pude evitar pararme frente a la puerta del despacho. Me quedé allí unos minutos. Verlo todo tan vacío me hacía darme cuenta de que lo que estaba pasando era real y que lo que se había convertido en mi rutina, en mi normalidad, en mi hogar, pronto dejaría de serlo. El sonido de la puerta del baño me sobresaltó. Me quedé tras la puerta, tratando de secarme las lágrimas que se habían agrupado en mis ojos antes de que nadie pudiera verme así.

—¿Hay alguien ahí? —preguntó alguien desde fuera.

—¡Sí! Soy yo, Álex. Ya salgo. Solo necesito un minuto —respondí mientras trataba de asegurarme de que el maquillaje corrido no me delatara.

Antes de que pudiera tocar el pomo de la puerta para salir, Luca se había adelantado a mis pasos.

—Perdona, Álex. Al escuchar tu voz me pareció que tal vez algo no iba bien y solo quise entrar para asegurarme de lo contrario —me dijo mientras se mantenía respetuoso al otro lado de la puerta.

—¡Tranquilo! Ha sido solo un momento de bajón. No me malinterpretes. La fiesta está siendo increíble, estoy realmente agradecida de que todas las personas que han sido mi familia aquí en Brighton hayan intentado estar presentes de una forma u otra. Es solo que, bueno, no es fácil —dije mientras me sentaba y me daba cuenta de que el impulso que semanas atrás había tenido Ginger de morder y romper todo había hecho que el sillón encajara perfecto con la decoración de la fiesta.

—Pero ¿qué es lo que pasa, Álex? Sé que no me conoces lo suficiente como para abrirte conmigo, pero también sé que, a pesar de lo duro que es mudarte de un sitio a otro, normalmente la parte más difícil es el motivo que te hace llevar a hacerlo —me dijo mientras ocupaba el otro lado del sillón.

En ese momento no pude evitar soltar un sollozo. El ajetreo de las últimas semanas, la despedida la tarde de antes en casa de Sherly mientras me decía que esa siempre iba a ser mi casa, vaciar la taquilla de la academia de Mr. Taylor, el eco del que había sido mi hogar los últimos tres años, la voz quebrada de mi madre tras su última sesión de quimioterapia, haberlo conocido a él justo cuando todo parecía venirse abajo...

—Es mi madre, Luca. Hace tan solo una semana me enteré de que hace unos meses le diagnosticaron cáncer, cáncer de mama para ser exactos, y yo... yo he sido tan tonta y tan egoísta —dije llevándome las manos a la cara y dejándome caer sobre su hombro.

La palidez de la cara de Luca multiplicó el color blanco de los polvos de su maquillaje. Se quedó frío, completamente inmóvil, parecía no saber cómo reaccionar. Me agarró las manos con fuerza, me acercó a él y me pidió que le contara todo. Dejó que me desahogara, le hablé de papá, de cómo había sido mi relación con mamá desde que me había ido de casa, de los motivos que tuve para mudarme y en ningún momento trató de parar mis lágrimas. Se lo agradecí, se lo agradecí muchísimo. Llevaba mucho tiempo conteniendo un nudo que debía soltar antes de reencontrarme con mamá.

Después de un rato volvimos a la fiesta. Me sentía aliviada. Los invitados comenzaron a despedirse y a desearme un buen viaje. Todos amenazaban con venir a buscarme si no volvía a verlos al menos una vez al año. Haily y Mathew se ofrecieron a llevar a casa a Luca y a Cam, pues aseguraban que, desde el chupito de bienvenida, el irlandés no había quedado en muy buen lugar. Yo se los agradecí y antes de irse, Luca se acercó a mí y me dijo:

—Estás haciendo lo correcto, Álex. Las oportunidades hay que aprovecharlas cuando aún se tienen, tú misma lo dijiste: «Siempre es mejor vivir un ¿te acuerdas? que un ¿te imaginas?». Buen viaje, ángel caído. Y no dejes de escribir —me dijo mientras se despedía con un beso en la mejilla.

Al entrar en casa, vi a Trevor y a Aiko llenando bolsas de basura. Sabían que al día siguiente tenía que salir muy temprano hacia el aeropuerto y, sin duda, me estaban sirviendo de gran ayuda. Mientras recogían, Trevor encontró un papel algo roto y arrugado bajo uno de los muebles. Me dijo que, por cómo estaba escrito, parecía importante. Al leer la primera línea me di cuenta de lo que era. Era una de las páginas escritas a mano del libro de Lili. Pero, esta vez, no era de la década de los cincuenta o de su llegada a Brighton de cuando hablaba, sino de hacía apenas dieciséis años.

Aún lo recuerdo, 12 de julio de 2006. Hacía apenas unas semanas que había finalizado el curso escolar, dando comienzo a las vacaciones de verano. Me había pasado los últimos meses recorriendo el país. Después de tanto esfuerzo, me alegraba ver lo magnífica que había sido la acogida del libro y cómo, ciudad tras ciudad, los lectores me demostraban su total entrega y cariño.

Hacía tan solo unos días que Luca se había ido a Bournemouth, donde pasaría las próximas semanas en un campamento de verano con su equipo de baloncesto. Llevaban meses planeándolo. Mientras tanto, Chris me había prometido que nos escaparíamos unos días a nuestra casa de la playa. Me sentía orgullosa tras, por fin, haber podido experimentar la recogida de los frutos tras tantos años de esfuerzo y dedicación. Nunca me hubiera imaginado que el libro tuviera tal recibimiento, pero la fatiga física y mental era innegable.

Mientras Chris terminaba de meter las maletas en el coche, aproveché para darme una ducha pensando que me vendría bien antes de pasar tantas horas en carretera. Mientras me secaba y me aplicaba la crema, noté un pequeño bulto bajo la axila acompañado de una sensación de hormigueo. Traté de recordar si en los últimos días algo había podido picarme o si, tal vez, había recibido algún golpe en la zona. Una sensación de miedo invadió mi cuerpo y, alarmada, llamé a Chris. Al verme, hizo que me vistiera aprisa e insistió en salir corriendo al hospital. Pasamos horas sentados en la sala de espera. Me hicieron análisis de sangre, resonancias magnéticas, ultrasonidos, todo lo protocolario para asegurar un diagnóstico que, desde el primer momento, fue evidente ante los ojos de todos: cáncer de mama.

Pasé los siguientes meses postrada en una camilla. Primero, perdí un pecho. Después, el apetito y con él, el color rosado de mis mejillas, el pelo y la sonrisa. Prohibí a Chris que dejara a Luca venir a visitarme. No quería que me viera así. Dejé de escribir, pues ya no me sentía reflejada en aquello en lo que antes creía y predicaba. El tratamiento no funcionaba y yo empecé a dejar de querer que lo hiciera. Me sentía lejos de la mujer que estaba acostada en esa camilla y me encargué también de alejar a los demás de ella. Chris empezó a refugiarse en el alcohol y, tras varias semanas, decidió traspasar el que, hasta el momento, había sido el negocio familiar. Nuestro querido Shinny Brunch. Y Luca... A Luca no lo quedó de otra que comenzar a valerse por sí mismo.

Cuando salí del hospital, no me sentía con derecho de volver. Yo me había encargado de que aquel ya no fuera mi hogar. Sabía que el tiempo que había perdido ya no iba a volver, pero también pensaba que la que yo era tiempo atrás tampoco volvería.

Al terminar de leer la carta, se la entregué a Trevor. No podía dejar de seguir el recorrido que sus ojos hacían por cada una de las líneas al leerla. Noté como su mirada se apagaba y su cuerpo se estremecía según la carta avanzaba. Me dijo que sentía que él no era la persona que debía contarme todo aquello. Dijo también que sus recuerdos, a pesar de ser los de un niño de apenas trece años, seguían intactos. Me contó que Luca empezó a faltar al colegio y a los entrenos de baloncesto.

—No había forma de dar con él. Recuerdo que mamá trataba de pasar al menos dos veces por semana por la casa de los Bianci. Siempre les dejaba algo de comida en la puerta y, tras encontrarse varias veces a Christopher en el bar, dejaba también alguna nota ofreciendo nuestra casa para que Luca viniera siempre que quisiera —me relató sin levantar la mirada del suelo. Parecía estar reviviendo cada momento en su cabeza.

—Pero ¿qué fue lo que pasó? ¿Acaso no volvieron a saber de ella desde que salió del hospital? —pregunté alarmada.

—Lo único que sé es que, al cabo de unos meses, Christopher decidió que lo mejor sería que Luca pasara una temporada en Génova. Desde la marcha de Lili, su estado era cada vez peor y, en el pueblo, se hablaba de que no estaba preparado para cuidar de un adolescente solo. Supongo que confiaba en que, al mandar a Luca a la ciudad natal de su madre, tarde o temprano, volviera a reencontrarse con ella.

—Y... ¿pasó? —pregunté.

—A partir de ahí sé lo mismo que tú, Álex. Desde que Luca se fue a Italia no volví a saber nada más de él. Supongo que, en cierto modo, todos los que teníamos algo que ver con Brighton le recordábamos lo que había pasado —me dijo con la voz entrecortada.

Acompañé a Trevor y a Aiko a la puerta y, antes de que se marcharan, les di de nuevo la enhorabuena por el compromiso. Me alegraba mucho por ellos y me alegraba al pensar en la felicidad que sentiría Sherly cuando se lo contaran. Llevaba años diciendo que sus hijos debían espabilar si querían que a su madre le diera tiempo de lucir la docena de pamelas con las que se había hecho en los últimos años por si llegaba una ocasión especial. Ahora, al fin, tendría un motivo de peso para elegir cuál de ellas desempolvar.

Durante toda la noche, mi cabeza no paró de dar vueltas. Si bien era cierto que poco a poco algunos de los interrogantes que me habían acompañado los últimos meses empezaban a cobrar sentido, también era cierto que cada respuesta traía consigo nuevos puntos suspensivos. Por fin entendía lo desenvuelta que lucía Lili al caminar por las calles de Brighton, pero no la razón por la cual había decidido volver. Entendía que Luca pareciera más inglés que el mismísimo té, a pesar de los matices claramente italianos de su acento, pero no cómo había sabido en qué momento volvería Lili a Brighton. Entendía su afán en recordarme que no dejara de escribir y la frase que tenía colgada en su puerta. Entendía que no le gustara el alcohol y que en la incomodidad de viajar él hubiera aprendido que, para él, eso era sinónimo de casa. Entendía dónde estaba mi lugar ahora, pero no entendía por qué divagaba al imaginármelo con él.

VI. La señorita Harper

Antes siquiera de introducir la última cápsula de café en la cafetera que se había encargado de suministrarme energía los últimos años, traté de repasar la lista mental de cosas que necesitaba para poder viajar.

«Pasaporte en vigor, ningún líquido que sobrepase los cien mililitros, ningún material punzante que pueda ser requisado, el trasportín de Ginger y... ¡La señorita Harper!», exclamé en mi cabeza.

No podía dejar atrás a la señorita Harper si quería mantener a Ginger tranquilo durante las casi cuatro horas que duraba el vuelo. La señorita Harper era un peluche en forma de oruga de colores que el bueno de Al le regaló a Ginger las primeras navidades que pasamos en casa de Sherly. Al adoraba el campo y los animales y decía que tener un animal al lado era siempre sinónimo de alegría y buena compañía. Recuerdo perfectamente lo que disfrutaba viendo a Ginger corretear y escarbar entre los matorrales. Siempre decía que ver a un cachorro mover la cola de alegría eran cosquillas para el alma. Lo que Al nunca supo es que, desde el primer momento en el que él y Sherly me acogieron en su casa sin hacer ningún tipo de distinción con el resto de sus hijos, yo había sentido justo lo que él relataba.

Busqué debajo del sillón, de la cama y de las vitrinas del pasillo. Moví el banquito bajo la ventana donde Ginger solía tumbarse panza arriba para tomar algo de sol. Rebusqué entre los cajones y nada. No había rastro de la señorita Harper. El taxista me avisó de que ya estaba esperándome en el portal y, sin más tiempo que perder, salí de casa.

De camino al aeropuerto, no podía parar de mirar por la ventanilla y sentirme agradecida por todo lo que me llevaba de esa ciudad. Era innegable que sentía cierta aflicción y melancolía, pero cuanto más me alejaba, se hacía más fuerte la intuición que me decía que mi conexión con Brighton no quedaría atrás al subir las escaleras del avión. Traté de entablar conversación con el conductor del taxi, pues, a pesar de lo temprano que era y del cansancio que noche tras noche había acumulado, siempre había encontrado cierto encanto en las historia de aquellos que, por su trabajo, día tras día están expuestos a lidiar con las situaciones que se les presentan. Me di cuenta de que en cada semáforo en rojo aprovechaba para tocar un cordón rojo que tenía enganchado del retrovisor interno del coche y que de él colgaba una pequeña etiqueta no apta para miopes como yo.

—¿Conoces la leyenda del hilo rojo? —preguntó al verme forzar la vista para captar el mensaje de la etiqueta.

He de reconocer que su pregunta me sobresaltó. No esperaba que fuera él el que rompiera el momento de silencio.

—¿El hilo rojo? No, la verdad es que nunca he escuchado hablar de ella. ¿De qué trata la leyenda? —pregunté interesada.

—Es una leyenda que tiene su origen en la cultura oriental. Asegura que ciertas personas, desde que nacen, tienen un hilo rojo invisible atado a uno de sus dedos. Ese hilo conecta a aquellos que están destinados a encontrarse en algún momento de sus vidas. No importa el tiempo, el lugar o las circunstancias en las que ambos se encuentren. El hilo puede estirarse o contraerse, pero jamás, por muchas piedras que haya en el camino, podrá romperse —respondió mientras agarraba el cordón con su mano.

—Y... ¿cómo se sabe cuándo se ha encontrado a la persona que se encuentra al otro lado de ese hilo rojo? —pregunté queriendo saber más acerca de lo que me contaba.

—Te aseguro que, cuando aparece, simplemente lo sabes —dijo mientras quitaba la llave del contacto y abría la puerta del coche para ayudarme a bajar las maletas.

Al salir del coche, llamé a mamá para avisar que ya había llegado al aeropuerto. Daba igual la edad que tuviera, a mamá y a papá siempre les gustaba estar al tanto, y en su tranquilidad yo también encontraba la mía. Comencé a colocar las cosas sobre las bandejas del control, una bandeja para lo tecnológico, otra para los productos de higiene y una última para las botas que me había quitado antes de que me hicieran retroceder por no haberlo hecho. Al pasar por el control, vi cómo la chica que revisaba el interior de los bultos señalaba mi maleta y avisaba al señor de seguridad para que buscara a su dueña. Antes de que lo hiciera, ahí estaba yo, con mi metro cincuenta, mis calcetines de abejitas y alguna que otra legaña aún pegada al lagrimal.

—Es mío. Es el trasportín de mi perro —dije antes de que ella formulara la pregunta.

—Hemos de revisar si hay algo dentro. Acompáñeme —dijo con un tono serio al que aún no podía hacer frente a esas horas de la mañana.

Esperé expectante a que terminaran de revisar el trasportín de Ginger cruzando los dedos para que no buscaran cualquier excusa para confiscarlo.

—¡Aquí está! Era esto lo que pitaba —dijo mientras sacaba a la señorita Harper con algo brillante colgando de una de sus antenas.

«¡El reloj de bolsillo de Luca!», exclamé en mi cabeza con asombro.

—Puede continuar, pero, la próxima vez, asegúrese de haber revisado sus pertenencias con anterioridad —dijo mientras me indicaba el camino por el que tenía que marcharme.

Recogí el trasportín, me puse las botas a toda prisa para evitar que la cola que había formado detrás de mí siguiera creciendo y, antes de dirigirme a la pantalla donde saldría el número de mi puerta de embarque, me detuve en un banco, apoyé mis pertenencias y miré el reloj. Tenía la esfera rota y marcaba las doce y veinte de la mañana. Por detrás, una frase grabada prácticamente ilegible a causa de los rasguños del día del accidente. ¿Cómo había acabado ese reloj en el trasportín de Ginger? ¿Y por qué un chico de veintiocho años llevaría consigo un reloj de bolsillo?

Mientras esperaba frente a la puerta de embarque, aproveché para hacer limpieza de la galería de mi móvil. Los colores rojizos, el naranja y el amarillo tomaban protagonismo según descendía entre mis fotos. Desde que abuela murió, siempre me había gustado captar las mejores salidas y puestas de sol. Sentía que era un guiño que ella me hacía recordándome que, como el sol, ahí estaba, aunque a veces no pudiera verlo al ser tapado por una nube. Vi fotos de mis años de universidad, de los torneos de cartas que aliviaban el estrés antes de entrar a un examen y de mi grupo de amigas, cada una presumiendo del táper que se había preparado para hacer frente a las clases de por la tarde. Encontré fotos del día que papá y mamá me sorprendieron trayendo a Ginger a casa en una cajita de cartón y de papá levantándome en brazos para que pusiera la estrella en el árbol de Navidad. Llegué a las fotos que envié a mis amigas para que vieran mi cara tras pasar horas llorando tras mi primera ruptura. Di también con los versos que escribí después de aquello y con la captura de pantalla que mi mejor amiga me mandó recordándome que, cuando no me sintiera guapa o suficiente, debía recordar que soy el resultado de decenas de personas que se han amado y que, aun viendo lo mejor y lo peor del otro, decidieron quedarse. Encontré la primera foto que me saqué al llegar a Brighton, con mi maleta rebosante de ropa de abrigo, de miedos y de ilusión. Encontré también la foto familiar en la que Sherly decidió que, a partir de ese momento, sus hijos no serían siete, sino ocho. Cada uno de nosotros con un jersey tejido por ella y un gorro navideño de lo más llamativo.

Sin duda, mi galería, era un reflejo de lo que había sido mi vida hasta el momento. En ella aparecían todas las personas a las que había querido profundamente, aunque algunas de ellas ya no estuvieran, en algunos casos, por decisión propia, en otros, fue la vida quien eligió.

Ver todas aquellas fotos y pensar que lo que ahora veía como toda una vida no era más que el principio me recordó una situación que viví el primer año que entré a trabajar en la academia de Mr. Taylor. Recuerdo terminar de dar una de mis primeras clases y sentirme sobrepasada y exhausta. Recuerdo llegar a la sala donde se encontraban el resto de profesores y profesoras de la academia, los cuales, indudablemente, tenían mucha más experiencia que yo, y ser incapaz de cruzar una sola palabra por miedo de no poder aguantar las ganas que tenía de llorar. En ese momento, Alice, la exmujer de Mr. Taylor y cofundadora de la academia, se acercó a mí y me preguntó qué ocurría. Entre lágrimas, le expliqué que jamás había sentido tanta frustración por no poder hacer mi trabajo bien. Me encontraba frente a una clase repleta de alumnos con necesidades diferentes. Unos, con un nivel claramente superior que se aburrían si el ritmo se ralentizaba o si algún otro pedía que se repitiera la explicación. Otros, sin ganas de aprender y con un notable ego, propio de los primeros años de la adolescencia. Y un último grupo, que por mucho que lo intentaran, no conseguían llegar al nivel del grupo en el que se encontraban. Me sentía estúpida y pequeña frente a aquella situación. Dudaba de mi profesionalidad y de si yo era lo que esos chicos y chicas necesitaban para progresar y alcanzar sus objetivos. Fue entonces cuando Alice me dijo que sentir frustración no me hacía menos apta para el puesto, sino más humana. Me dijo que la docencia es una paradoja de la vida, ya que, en muchas ocasiones, te ves sola ante más frentes de los que crees que puedes manejar. Me recordó que la frustración solo aparece cuando las ganas de querer dar lo mejor de ti están presentes.

—Todos los que estamos aquí hemos salido alguna vez de un aula pensando que hemos fallado, tanto a nuestros alumnos como a nosotros mismos. En algún punto, hemos dudado incluso de nuestra vocación al sentir que no avanzamos con el temario y que, ese día, no hemos podido o no hemos sabido cómo aportar algo nuevo al grupo. Pero, como en la vida, a veces es más importante dosificar la energía y tomarse el tiempo necesario para ver dónde nace el problema, en lugar de centrarse en alcanzar unos resultados que, tal vez, desde el principio, no eran realistas o no encajaban con las necesidades de todo el mundo.

Pensar durante unos minutos en las palabras de Alice me hizo reflexionar acerca de lo que estaba ocurriendo en mi vida en ese momento. Una parte de mí llevaba tiempo sintiéndose como aquella profesora novata y desbordada que no sabía lidiar con lo diverso y lo heterogéneo. Otra, empezaba a ser consciente de que, a veces, basta con alejarse de la ceguera que producen las expectativas y las exigencias que nosotros mismos nos imponemos para darse cuenta de que cualquier progreso, por pequeño que sea, es un paso que nos acerca al resultado. Sabía que coger ese vuelo me llevaría a casa, a estar con mamá, pero también sabía que lo que dejaba atrás no había sido un sitio más donde probar, lo que dejaba atrás era, sin duda, mi hogar.

VII. El mapamundi

Hacía tan solo unas horas que había llegado a casa y a pesar de que todo lucía como siempre yo sentía que algo había cambiado. Tal vez esa sensación era a causa de la ausencia de mamá, del cansancio en la cara de papá al pasarse gran parte de sus días haciendo trayectos en carretera de su trabajo al hospital o, tal vez, la que había cambiado era yo, al sentir que ocupaba un lugar que, en cierto modo, ya no sentía como mío.

Recuerdo el sentimiento de nostalgia al entrar por primera vez en mi habitación y ver la manera en la que mamá y papá habían procurado mantener el que yo siempre consideré «mi rinconcito en el mundo». El olor a lavanda que emanaban las sábanas al acercarte, las luces blancas en forma de estrellas que adornaban el cabecero de la cama aún con pila, la ventana entreabierta para que el viento no despegara el mural de fotos en forma de corazón en la pared, mi mapamundi, todo seguía igual. En ese momento, papá entró en la habitación para avisarme de que la comida ya estaba lista y que debíamos darnos prisa si no queríamos coger tráfico de camino al hospital. Había olvidado lo disgustada que estaba mamá por las restricciones que habían puesto en su planta en lo que a los horarios de admisión de visitas se refería. Antes de irse, papá señaló el mapamundi y me dijo que aún recordaba la ilusión en mi cara el día en el que me vio colocar la primera chincheta.

—¿Lo recuerdas? —me preguntó—. Mamá y yo estábamos atónitos al verte visualizar ese mapa y tratar de convencernos de que lograrías recorrerlo todo.

Claro que lo recordaba. Recordaba lo pequeña que me sentía ante lo que aquel mapa representaba y recordaba la emoción que sentía al colocar cada chincheta y pensar en cuál sería la siguiente.

—Ven, acércate —dijo papá mientras señalaba un punto en el mapa—. ¿Ves esto? —preguntó poniendo su dedo sobre una chincheta color púrpura colocada en el sur de Inglaterra.

—No recuerdo haber puesto ninguna chincheta las últimas veces que he estado aquí. Además, todas las demás chinchetas son negras y yo... yo no recuerdo haber colocado ninguna morada —respondí sorprendida.

—Esa chincheta la puso mamá la primera vez que recibimos una llamada tuya desde Brighton. Me acuerdo de la emoción y el entusiasmo que transmitías al contarnos la maravillosa acogida que te había dado la ciudad y su gente. Hacía tiempo que no te veíamos tan feliz, tu sonrisa en las fotos, tus textos en las redes, volvías a ser tú. En ese momento, mamá supo que ese no sería un destino cualquiera y decidió poner una chincheta de tu color favorito para que cada vez que entrara en tu habitación en busca de consuelo por no tenerte cerca supiera que estabas ahí, justo en ese punto, en busca de aquello que te hace feliz —dijo papá sin quitar los ojos del mapa colgado de la pared, para evitar que viera sus ojos llenarse de lágrimas.

De camino al hospital, no podía parar de pensar en el giro que había dado todo desde la última vez que había estado de visita. A pesar de que la dulce voz de Brett Young nos amenizaba el camino, jamás hubiera pensado que sería el hospital el primer lugar que visitaría tras mi regreso.

Minutos antes de que papá estacionara el coche en el estacionamiento del hospital, le pedí que me esperara un momento en doble fila al girar en el último cruce. Recordaba que, cuando abuela enfermó, a mamá le encantaba parar en un pequeño vivero que, según ella, tenía las flores más bonitas y olorosas del vecindario y crear su propio ramo para llevarle al hospital. Sabía que mamá no estaba pasando por su mejor momento, pero también sabía que eso le haría sentir a abuela cerca y eso era mejor que cualquier analgésico que pudieran darle.

Mientras subíamos en el ascensor, papá me cogió de las manos y me dijo que, ahora más que nunca, debíamos ser fuertes y estar unidos y que, aunque nos costara reconocer que la mujer que se encontraba en aquella camilla era mamá, teníamos que hacer todo lo posible para que fuese ella la que se reconociera y la que no olvidara la gran mujer que era y que, pese a todo, seguía siendo.

Recuerdo como el peso de mis pies parecía aumentar según me acercaba a la habitación. Comencé a hiperventilar. Mi corazón palpitaba tan fuerte y mi boca estaba tan seca que sentía que me encontraba en medio de una media maratón, sin público ni avituallamiento al que aferrarme. Pero, entonces, la vi. Durante los segundos que tardé en colocarme la mascarilla la observé desde la puerta. Ahí estaba ella, con su pañuelo de colores y sus uñas, débiles, algo quebradas, pero aún con restos de porcelana. Recostada en la cama y con los ojos entreabiertos, parecía estar mirando a través de la ventana cómo los últimos rayos del sol se colaban entre las copas de los árboles.

—Hola, mamá. Soy yo, Álex —dije mientras me colocaba a los pies de su cama.

Notaba como ella trataba de incorporarse y combatir el aturdimiento causado por la medicación. La ayudé colocándole unos cuantos cojines tras la espalda y fue entonces, al tenerme cerca, cuando noté como su mirada brilló al reconocerme.

—¡Álex! ¡Cariño, eres tú! —dijo mientras agarraba mi mano y me acercaba más a ella.

—Sí, mamá, he vuelto. Hace unas horas papá me recogió en el aeropuerto y, ¡mira!, te he traído esto. Espero que...

No pude terminar la frase antes de que cogiera el ramo entre sus manos y se lo llevara directamente a la cara para poder oler el aroma que desprendía.

—¡Magnolias! —exclamó, mientras el brillo de sus ojos se tornaba algo más melancólico.

Papá convenció a las enfermeras para que hicieran la vista gorda y dejaran pasar algo más de tiempo antes del fin de la visita. Gracias a eso pude quedarme con ella durante horas. Traté de distraerla contándole todo lo que había pasado los últimos meses que habíamos estado más distanciadas. Le hablé de Sherly y de mis dotes como pastelera. También le hablé del reencuentro con Trevor tras su mudanza a Japón y de su compromiso con Aiko. Le hablé de Mr. Taylor, de la despedida tan bonita que me habían hecho en la academia y de mi participación en el concurso. Le hablé del regreso de Lili y de todo el misterio que había traído a Brighton. Y, por supuesto, le hablé de Luca, del accidente, de su relación con Lili y de todo lo que había sucedido desde que nos conocimos. Le conté lo fuera de control que me sentía cada vez que lo tenía cerca y lo conectada que me sentía a él sin apenas conocerlo.

Mamá estaba atenta, casi sin pestañear. Más de una vez, al ver que ralentizaba el ritmo de mi discurso, me apresuraba para que continuara. Me decía que, pese a lo agotador que debía haber sido vivir los acontecimientos de las últimas semanas, estaba segura de que todo lo ocurrido tenía una razón de ser y que el brillo de mis ojos al hablar de Luca le decía que, tal vez, esa razón tenía nombre y apellido. Por primera vez en mucho tiempo, volví a sentir que era la Álex de siempre, aquella que deseaba volver a casa para contarle todas las novedades a mamá y que esperaba descifrar en su cara lo que pensaba al respecto.

A las ocho, una enfermera me avisó de que, con la cena, debía dar por finalizado el horario de visitas porque, de enterarse su supervisora, podía verse en problemas. Tras despedirme de mamá y prometerle que volvería al día siguiente y seguiría contándole acerca de Lili, de Luca y del desenlace del concurso, salí de la habitación. Me alegró mucho escuchar a las enfermeras comentar el efecto positivo que había tenido mi visita en mamá. Les agradecí que me hubieran permitido quedarme toda la tarde con ella y les agradecí también lo bien que la estaban tratando.

En el camino de vuelta a casa, papá me dijo que debía enseñarme algo que había sido el salvavidas de mamá desde que enfermó. Al llegar, se dirigió a uno de los mueblecitos del salón y sacó una libreta pequeña con muchas páginas que sobresalían, a las que mamá acudía cuando quería sentirme cerca.

—Desde que eras pequeña, siempre supimos que tenías un gran talento para la escritura, Álex. Un gran talento que debías compartir con el mundo. Los primeros días tras tu marcha, mamá no quería salir de tu habitación, pues leer los relatos que envolvían las paredes la acercaban a ti. En tus palabras y en la forma tan auténtica que tenías de relatar todo aquello que pasaba por tu mente, además de tus emociones, inquietudes y percepciones sobre el mundo, mamá encontraba consuelo. Un día, comenzó a recopilar todos esos relatos y a tratar de ordenarlos cronológicamente, pues decía que algún día eso podría servirte si decidías escribir tu propia novela. Ella siempre confió en ti y tu triunfo, en cualquier ámbito de la vida, siempre será su mayor logro. Nunca lo olvides —dijo papá mientras dejaba la libreta en mis manos y me dejaba a solas en el salón.

Pasé toda la noche navegando entre sus páginas. Era incapaz de comprender cómo era posible que admirara lo que leía siendo las palabras de una Álex que, en el momento en el que lo escribió, se veía siempre reflejada en el lado de la fan y no en el de la protagonista. En ese momento, me di cuenta de algo y es que, al igual que Lili en sus primeras cartas, yo no comencé a escribir para que otros me leyeran, comencé a escribir para leerme. Era remitente y destinatario. La que buscaba inspiración sin darse cuenta de que siempre la tuvo enfrente.

Las horas pasaban y solo pensaba en lo contenta que se pondría mamá al contarle que, gracias a ella, lo tenía más claro que nunca. A pesar de lo que disfrutaba al preparar mis clases, del cariño que les tenía a mis alumnos y de lo gratificante que era sentir que formaba parte de su progreso. Quería ser escritora. Quería levantarme cada día sintiendo que encarnaba un personaje diferente. Quería dar vida a los escenarios que habitaban en mi cabeza y que fueran tan reales que los lectores pudieran incluso percibir los olores y sabores que relataba. Quería que mamá se sintiera orgullosa y quería que al fin comprendiera que, aunque costó irme, había valido la pena.

VIII. Un mensaje en spam

A la mañana siguiente, antes de ir al hospital, decidí llamar a Sherly y a Mr. Taylor. Sabía que, desde que se enteraron del motivo de mi vuelta, habían estado muy pendientes del estado de salud de mamá.

Al hablar con Mr. Taylor, decidí contarle lo que me había tenido entretenida la noche anterior. Le dije que ahora solo necesitaba decidir qué parte de la Álex del pasado seguía resonando en la Álex actual y cuántas páginas debía reservar para plasmar lo que los últimos acontecimientos me habían hecho sentir. No quería parecer pretenciosa y, mientras le compartía mis dudas y le hacía saber el miedo que me daba ilusionarme con crear algo que, tal vez, estuviera por encima de mis posibilidades, él aprovechó para decirme:

—Álex, ya te lo dije una vez. A veces, las personas más visionarias y con las ideas más claras son las mismas que no tienen el ego que se necesita para lograrlo. Confía en ti, en el potencial que tienes y en todo aquello que los que te conocemos sabemos que tienes que decir. Deja que la valentía que demostraste al subirte a aquel escenario se apodere de nuevo de ti. Puedes elegir ser conformista, ya que, si no te planteas metas, no te arriesgarás a ser infeliz por no conseguirlas, o puedes elegir ir a por aquello que realmente te llena el alma. Recuerda siempre que no hay nada que nos haga sentir más vivos que desear y lograr aquello que va más allá de lo común.

Tenía razón. Siempre la tenía. Las palabras de Mr. Taylor eran siempre como la ola que llega justo a tiempo para impulsarte a la orilla antes de una nueva serie. Sentía que era momento de darle un valor real a todo aquello que tenía delante, pero la pregunta era: ¿cómo debía hacerlo? ¿Y por dónde debía empezar?

Antes de cortar el teléfono quise preguntarle por Luca. Sabía que no había nada que a Mr. Taylor se le escapara. Y así fue. Me dijo que lo último que había sabido de él es que ya había comprado los billetes para volver a Italia.

—Supongo que se dio cuenta de que no tenía mucho más que hacer en Brighton. Vino siguiendo el rastro de alguien de su pasado que continúa sin tener la valentía para hacer frente a los fantasmas del pasado, sin esperar que su interés lo despertase alguien con quien, tal vez, aún sea posible tener algo de futuro —dijo pretendiendo despertar en mí un efecto que, sin duda, causó.

Justo antes de entrar por la puerta del hospital, divisé a lo lejos un señor que llevaba un carrito con castañas asadas. Recuerdo que, cuando era pequeña, al llegar estas fechas, mamá utilizaba la excusa de que las castañas aportan elevadas cantidades de vitaminas, fibra y ácido fólico para pararse a comprar unas pocas siempre que nos encontrábamos algún puestecito en la calle. Lo cierto es que ni papá ni yo hemos sido nunca muy *fans* de las castañas, pero ver la cara de mamá al recibir el cartón caliente a cambio de su moneda era motivo suficiente para avisarla cada vez que no se percataba de que había algún vendedor cerca. Sabía que esa semana mamá estaría más débil, pues hacía apenas unos días que habían comenzado a administrarle capecitabina, un fármaco de quimioterapia utilizado para tratar diferentes tipos de cáncer, entre ellos, el cáncer de mama. Por ese motivo, cualquier cosa que hiciera sentir mejor a mamá sería bienvenida y las castañas asadas podían ser un buen comienzo.

Al llegar a planta, las enfermeras me hicieron rellenar un formulario de satisfacción. Una de las cosas que más me había gustado del hospital era la importancia que le daban a la conformidad con respecto a la atención recibida por parte de los pacientes y de sus familiares. Al tardar en recibir la notificación que me avisara de la llegada de un nuevo correo electrónico, revisé en la carpeta de *Spam* y, para mi sorpresa, no era ese el único correo que había en ella. Hacía tan solo veinticuatro horas que había recibido un correo del coordinador de eventos que se había encargado de divulgar La Feria Anual de Arte y Cultura de Brighton. En él decía que, tras haberlo

debatido con el consejo, se había acorda-
do prolongar el plazo para hacer uso del
premio del concurso. Al seguir deslizan-
do sobre la pantalla, no podía creerme lo
que estaban leyendo mis ojos, tenía dos
semanas para enviar la primera parte del
que podía ser el manuscrito de mi primera
obra publicada. El premio era el respaldo
de la organización para poder publicar la
que, con suerte, sería mi primera obra.

No podía creerlo. Ahora no solo tenía
que decirle a mamá que, gracias a ella,
había vuelto a escribir, tenía que contarle
que me acababan de dar la oportunidad de
publicar mi primera obra.

Corrí a la habitación y, al llegar, no
estaba. Su cama estaba desecha y la medicación aún intacta. Salí al pasillo esperando encontrar a alguna enfermera a la
que poder preguntar dónde se encontraba mamá. Esperé unos minutos en
el mostrador hasta que el murmullo de

una voz entrecortada que procedía de la habitación colindante a la de mamá me pedía que me acercara a ella. Al llegar a la puerta, vi a una señora de unos sesenta y tantos años sentada en un sillón colocado frente al ventanal. Al notar mi presencia, se giró hacia mí y pude entender el motivo por el cual el tono de su voz me había resultado casi imperceptible. En el cuello, llevaba una cánula que permitía el paso de ventilación tras, posiblemente, haberle sido realizada una cirugía en la tráquea.

—Eres igualita a ella —dijo mientras trataba de ponerse en pie y acortar la distancia entre nosotras.

—¿Conoce a mi madre? ¿Sabe por qué no está en la habitación? —dije mientras empezaba a pensar que algo no iba bien.

En ese momento, el estridente sonido de unos zapatos aproximándose por el pasillo hizo desviar mi atención.

—¿¡Dónde está!? ¡Díganme dónde está mi mujer!

Al escuchar la voz, supe que se trataba de papá. Salí corriendo de la habitación y vi a un auxiliar tratando de sostenerlo para que no cayera al suelo. Sus ojos estaban repletos de lágrimas y en sus manos el pañuelo favorito de mamá. Quizás no sabía lo que estaba ocurriendo o quizás no quería verlo. Quizás veía a papá llorar y trataba de convencerme de que no había motivo para hacerlo o, tal vez, quizás, dudar era la única forma de no asumir que, desde el principio, había sido cuestión de tiempo.

IX. Ángel de la guarda

Pasé los siguientes días entre tinta y papel. Sentía la saturación de esos últimos meses y cómo se instalaban nuevas voces en mi mente. Notaba cómo cada vez que hablaba mentía porque no todo lo que se siente es explicable, por eso dejé de hablar y comencé a escribir. La echaba de menos y eso nunca iba a cambiar, pero aprendí a dejar de sentir culpa. Entendí que la culpa era un exceso de pasado y que yo debía responsabilizarme y dejar de escucharla a ella y aprender a escucharme a mí. Sabía desde dónde estaba escribiendo, pero entendí que jamás sería capaz de saber desde dónde me leerían y si el sentido que le darían los demás a mis palabras sería el mismo con el que un día fueron escritas.

Papá se aseguró de que entendiera que no debía apresurarme por estar bien, ni siquiera por aparentarlo.

—No te culpes por sentir que no iluminas con tu luz. Quien nace guía muere guía, solo tienes que pensar que hay ciertos apagones que duran más de un par de días —me repetía cada vez que pasaba por delante de la habitación y me veía sentada en el escritorio con las luces apagadas y la mirada perdida a través de la ventana.

Le hice caso y me di tiempo. Me convertí en mi propia cueva y ahondé, ahondé hasta el punto de que conecté con la niña que un día fui. Notaba como ella esquivaba cada esquina, como con el tiempo había aprendido a ver el lado bueno de una rosa con espinas y como, solo con mirarme, encontraba la manera de guiarme a la salida. Me miraba, con esa cara de listilla, como quien echa un pulso a ciegas y apuesta todo a la vida. Convencida, me aferré a su entusiasmo y traté de no perderle la pista. Poco a poco comencé a notar cómo cobraban de nuevo color mis mejillas y cómo los mareos pasaban a ser cosquillas. Lo entendí, entendí lo que quería decirme. Entendí que aún sin ellas podría sentirme querida. Entendí que mamá siempre sería mi ángel de la guarda, un ángel que me cuida y que, aunque no la viera, de una forma u otra, ahí estaría. Antes de irse me hizo darme cuenta de la importancia de hacer las cosas a tiempo y, sin saberlo, me dio papel y boli y me animó a no buscar ahí fuera lo que siempre ha estado dentro. Sin pretenderlo, me nombró protagonista de mi propio cuento.

Había pasado menos de una semana desde que mamá nos había dejado y ahí estaba yo, mirando desde la puerta cómo papá trataba de recordar frente al espejo los pasos que mamá hacía para hacerle perfecto el nudo de la corbata. La tía Susana nos esperaba frente a la puerta de la entrada para acercarnos a la iglesia. Antes de salir, papá me recordó que ese día no era un día para estar triste, sino un recordatorio de que basta con prestar un poco de atención para sentir que sigue con nosotros. En ese momento, aprovechó para pedirme que, si así lo sentía, aprovechara el momento de la misa para dedicarle unas palabras a mamá de parte de los dos. Sabía que papá nunca había sido un hombre de muchas palabras, pero también sabía que, si me lo pedía, era porque, esta vez, no tendría a mamá delante para mirarla a los ojos y que sobrara todo lo demás. Gracias a ellos, había aprendido que tranquilidad es sinónimo de felicidad y que no hay nada mejor que sentirla al lado de la persona con la que decides compartir tu vida.

Al llegar a la iglesia, el padre Hernán nos pidió a los familiares que ocupáramos los primeros bancos. Durante la misa, fue imposible no recordar cada momento en los que había sido mamá la que había ocupado esos bancos, mirando con orgullo cómo su pequeña tomaba la primera comunión o le pedía continuar en catequesis para hacer la confirmación con sus compañeros de clase. Nunca supe qué fue lo que me movió a querer hacerlo hasta ese momento, que entendí que la razón no era otra que el ver lo feliz que le hacía a ella verme allí.

Llegó el momento en el que el padre Hernán, con un gesto cómplice, me invitó a subir al ambón. Notaba cómo mis piernas temblaban y cómo la tía Susana me miraba sorprendida al ver que no llevaba ninguna nota que me sirviera de apoyo a la hora de realizar la lectura. Pospuse el momento de levantar la cabeza y hacer frente a todas las caras de tristeza que dirigían sus miradas hacia mí y, sin saber qué me impulsó a hacerlo, cerré los ojos y comencé a hablar.

—Mamá. Nunca te gustaron los aplausos, ni buscaste adelantar y ser primera. Nunca pretendiste ser el foco ni fingir ser alguien que realmente no eras. Sin tenerlo nunca fácil, ponías todo en bandeja, tanto a los que estaban lejos como a los que estaban cerca. Huías del barullo, de barreras y etiquetas. Unas veces, lugareña, otras tantas, forastera, pero allí a donde te fueras eras paz entre la guerra. De ti aprendí a ver lo bueno que hay ahí fuera, donde otros veían otoño para ti era primavera. Y enfermaste. Y al saberlo, solo puse cuerpo a tierra. Incluso en ese momento, quién se iba a imaginar que costaría todo lo que hoy cuesta. No tenerte entre nosotros, que no estés tú tras la puerta cuando vuelva un día a casa en busca de cualquier respuesta. Ya no soy la niña que se queja y que protesta. Ahora valoro cada vez que me decías que no hay nada en la vida como una sonrisa amiga. Quiero ser como eras tú, ser cimiento y ser la viga. Apoyar aquí a papá y que al mirarme desde arriba sientas que lo hiciste bien con la que siempre será tu niña.

Al terminar de hablar, abrí los ojos y vi cómo papá se acercaba y me tendía la mano para ayudarme a bajar. Me apartó el pelo de la cara, tal y como solía hacerlo mamá, y con un hilo de voz me dijo lo orgullosos que tanto él como mamá estaban de mí.

—Creo que hay alguien esperándote en la puerta. Corre, ve, ya tendrás tiempo después de saludar a los demás —dijo mientras ponía una mano en mi espalda animándome a poner un pie fuera de la iglesia.

Al salir, me extrañó no ver a nadie. Tal vez la conmoción del momento había hecho que papá se confundiera. Cuando me dispuse a entrar de nuevo, una mano me agarró del brazo y, al girarme, no podía creerme lo que estaba viendo. ¿Era real o la conmoción me había afectado de la misma manera que a papá?

—Hola, Álex. Siento haberte asustado y espero que no te moleste verme aquí. Sé que este es un momento muy íntimo y que lo último de lo que tendrás ganas es de tener que entablar conversaciones por compromiso, pero, desde que me enteré, algo que no puedo explicarte me hizo necesitar estar cerca de ti —dijo mientras se aseguraba de darme espacio dando dos pasos hacia atrás.

—¡Luca! Pero ¿cómo...? ¿Y quién...? —Era incapaz de salir de mi asombro.

—Fue Trevor. El día después de la fiesta me llamó. Me dijo que no sabía si estaba haciendo lo correcto, pero que aun así necesitaba verme. Pasamos horas hablando y me contó tus encuentros con... ya sabes, y el interés que suscitó en ti desde el primer día que la viste. Me contó que lo sabías, que lo sabías todo, y cómo, incluso antes de conocernos la mañana del concurso, de algún modo, nuestros caminos ya se habían cruzado. Me habló de las cartas y me dijo que sentía que si ellas habían caído en tus manos era porque, tal vez, era a través de ti de quien la historia debía ser contada. No sé qué es lo que me ha traído aquí, Álex, y tampoco sé por qué, desde el primer día que apareciste en mi vida, todo, siempre, de algún modo u otro, me acaba llevando a ti; pero sí sé que no hay nada, racional o irracional, que me haga oponerme. Siento lo de tu madre y siento que tengas que estar pasando por este dolor, pero, como mismo te digo que no creo en las casualidades, ¿qué mejor compañía para un ángel caído que la de un ángel de la guarda?

Me resultaba imposible dar respuesta a ninguna de las afirmaciones que había hecho, pero más imposible me resultaba hacerme a la idea de que era a Luca a quien tenía delante. Ni en Inglaterra ni en Italia. Estaba conmigo, estaba en casa.

Familiares, amigos y conocidos comenzaron a salir de la iglesia. Los más comedidos disimulaban a un lado, esperando a que Luca y yo nos separásemos para acercarse a dar el pésame. Por su parte, los más emocionales se dejaban llevar por su espontaneidad e interrumpían sin reparar en si molestarían o no. Al percatarse de la situación, Luca decidió alejarse y darme el que él consideró el espacio para que yo fuera consciente de las palabras que todos los allí presentes me dedicaban.

Pasó casi una hora y, debido al cambio de hora que se había llevado a cabo semanas atrás, eran apenas las seis y ya estaba empezando a anochecer. Papá se acercó para decirme que estaba cansado, había sido un día de muchas emociones y quería volver a casa. Le dije que me quedaría un rato más y, antes de preguntar, Luca cruzó de nuevo la calle y, al abrir la boca, su horrible acento español al tratar de presentarse a papá hizo que se me escapara la primera sonrisa desde que mamá se fue.

—Hola, señor. Soy Luca. Siento mucho su... *pardilla* —dijo mientras me dirigía una mirada en busca de aprobación.

—Quiere decir que siente tu pérdida, papá. Él es Luca, un amigo de Brighton. Ha venido desde Italia porque, bueno, hace unos días se enteró de... —No hizo falta que terminara la frase para que papá le estrechara la mano y le pidiera que se asegurara de que llegaba bien a casa.

—Te veo en casa, Álex. Ten cuidado, por favor. Se está haciendo de noche y sabes que el alumbrado de esta ciudad brilla por su ausencia. ¡Encantado de conocerte, Luca! Te agradezco que hayas venido desde tan lejos a apoyar a mi hija —dijo mientras me daba un beso en la frente y abría la puerta del coche.

Segundos después de que el coche de papá desapareciera calle abajo, Luca y yo comenzamos a caminar como quienes ponen ningún lugar por bandera y deciden que ese es el mejor destino. Tenía la capacidad de hacer de los silencios un lugar seguro, pero, al romperlo, me recordó que, cuando habla, el sentimiento es todavía mejor.

—¿Sabes algo, Álex? Hoy, en la misa, cuando subiste a dedicarle unas palabras a tu madre, me di cuenta de algo. La mayoría de nosotros nos pasamos la vida poniendo excusas para no aventurarnos a luchar por aquello que deseamos. A veces, echamos la culpa al dinero, otras al tiempo, otras a nuestro físico, otras a la falta de contactos o de inspiración... Hoy, al verte decir esas palabras, sin necesidad de tiempo de preparación ni de un papel que te sirviera de apoyo, nos agitaste y nos demostraste a todos los que estábamos ahí dentro que, a veces, cuantos más limitados son nuestros recursos, más auténticos son nuestros resultados, porque hay más de nosotros mismos puesto en ello.

»Desde el día en que te conocí, supe que eras una gran escritora. Me recordaste a Lili. Bueno, ya me entiendes, a mamá. A su capacidad para sentir y hacer que todos sintieran con las palabras que escribía. Hoy, después de mucho tiempo, me recordaste lo poco que ocupa un libro y la infinidad que esconden sus letras. Sé que no me equivoqué al venir, igual que no me equivoqué al pensar que serías tú, desde la primera vez que te vi. Tal vez no sea el momento, pero me gustas, ángel caído, y no he venido buscando una respuesta. Sin tú saberlo, al conocerte, me ayudaste a superar un duelo con el que llevaba años batallando y he venido para pedirte que me permitas acompañarte ahora a ti, tú eliges cuán cerca o cuán lejos me quieres, solo te pido que me dejes estar.

De haber sido en otro momento, sus palabras habrían hecho saltar todas las alarmas. Me habría preguntado que cómo era posible que una persona a la que había conocido tan solo dos meses atrás fuera capaz de sentir lo que decía y, más aún, de coger un avión para hacérmelo saber. No sabía qué responder, pero sí sabía que no quería que se fuera.

X. La casa del árbol

Caminamos hasta que los restos de luz se escondieron tras las montañas. En silencio. Me asombraba ver cómo observaba todo. Se fijaba en los techos de las casas, en las luces que iluminaban los jardines, en los saludos entre vecinos que se cruzaban de camino de vuelta a casa tras sacar a pasear a sus perros por última vez en el día... Al llegar a casa, le pedí que me acompañara a un lugar antes de entrar.

—Ven, quiero enseñarte algo —dije mientras le agarraba la mano y lo empujaba hacia la parte trasera del jardín—. ¿Ves eso? —dije mientras señalaba una pequeña estructura sobre uno de los árboles más grandes del jardín—. Durante muchos años, de pequeña, lo único que pedía al llegar la Navidad era que hubiera un bebé en la barriga de mamá. El día que cumplí nueve años, recuerdo que papá y mamá vinieron a buscarme juntos al colegio y me dieron la noticia de que los mareos de las últimas semanas de mamá no se habían debido a comer algo en mal estado como me habían hecho creer, sino a que al fin Papá Noel y los Reyes Magos habían tenido tiempo para hacer cumplir el deseo de mi carta.

»Una noche, poco después de mamá dar a luz, se dieron cuenta de que algo no iba bien. Al llegar a la cuna, la bebé había sufrido una muerte súbita. Recuerdo ver las caras de dolor de papá y mamá desde la puerta de mi habitación y sentirme culpable por haber sido yo la que había pedido un bebé. Desde ese día, recuerdo pasar casi cuatro meses sin hablar, papá nunca estaba en casa y mamá se pasaba las noches llorando. Un día, papá me pidió que le acompañara al jardín, me dijo que tenía una sorpresa y que debía cerrar los ojos. Al abrirlos, vi una preciosa casa del árbol. Llena de luces de colores y flores en las ventanas.

»Recuerdo que, antes de subir, me dijo —cuando crezcas, te darás cuenta de que la sociedad está obsesionada con la comparación incluso cuando se trata de dolor. Ninguna persona tiene más derecho que otra a sentir dolor. Cada persona vive su propio proceso. Nunca lo olvides—. A pesar de ser tan pequeña, las palabras de mi padre me llegaron tanto que esta casita del árbol se convirtió en mi búnker, aquí sentía que era capaz de sentir todo lo que fuera no me atrevía.

—Te entiendo. Sé lo que es sentir que fuiste la granada que hizo explotar algo que, en sí mismo, ya estaba bien. Cuando mamá enfermó, no entendía qué era lo que yo había hecho mal. No entendía por qué no quería verme o por qué poner distancia de por medio era lo mejor. Años después de que mi padre decidiera que lo mejor era mandarme a Italia con mi familia materna, cuando cumplí la mayoría de edad, recibí la que sería la primera, y última, carta de mi madre. En ella, me decía que haberme dejado ir era lo menos humano y lo más sensato que había hecho. También me decía que lo malo de ser poeta o novelista era escribir versos o poemas que pudieran salvar vidas a costa de sufrir o estar llorando más de un día. Me decía que cada vez que trataba de retomar la escritura era a mí a quien iban dedicados cada uno de sus versos y, después, dejaba el lápiz y el papel, y era como si el telón se hubiese cerrado y el dolor hubiera elegido permanecer con ella.

»Yo, por mi parte, solo esperaba leer alguna noticia en el periódico que anunciara que Lili Bianci había publicado una nueva obra para, así, encontrar en su interior la razón de su abandono, de su huida o de mi ira. En el instituto, me sentía el chico raro, la causa perdida. En el pueblo, ahí era el chico misterioso que, lejos de querer llamar la atención, quería ser solo eso, un chico. El final de la carta siempre estuvo incompleto, no sé si por descuido o por falta de valor de seguir escribiendo. Lo que sí sé es que la carta venía acompañada de un reloj con una frase grabada que, hasta el día que te conocí, había sido incapaz de darle valor.

«¡Un reloj!», pensé.

Mientras hablaba, Luca no apartaba la mirada de mí ni de la casa del árbol.

—¿¡Puedes esperar un momento aquí!? —dije mientras me quitaba los zapatos para entrar aprisa en casa.

—Sí, claro. Aquí te espero —dijo dejando entrever un gesto de asombro, supongo que por no entender el porqué de mi apresuramiento.

Entré en casa tratando de no hacer ruido. Papá había dejado la luz del porche encendida para cuando yo llegara, pero las luces de dentro estaban apagadas, por lo que entendí que, a pesar de que eran apenas las ocho, ya se habría ido a dormir. Subí a mi habitación y ahí estaba, justo encima del joyero, lo cogí y aproveché para coger también los folios apilados que estaban al lado. Bajé corriendo y, a través de la ventana, vi a Luca juguetear con Ginger en el jardín. Al notar mi presencia, cogió su chaqueta, la cual había dejado apoyada en la escalera que llevaba a la casa del árbol, y se acercó a mí.

—¿Qué ocurre? ¿Pasa algo? —preguntó mientras recogía el juguete del suelo que Ginger le había traído de vuelta tras habérselo lanzado.

—No. Bueno, en realidad, sí. No fue a través de las cartas de Lili que descubrí que eras su hijo —dije mientras agarraba su mano y le invitaba a tomar asiento en el porche.

—Ah, ¿no? ¿Entonces cuándo? —preguntó.

—Fue el día del concurso. Tras tu accidente. Al escuchar los frenos del coche y ver cómo la gente se amontonaba alrededor de la carretera, me acerqué a ver qué pasaba y, antes incluso de verte a ti, la vi a ella, llorando y perdiendo el equilibrio al verte tirado en el suelo. En ese momento, divisé tu pasaporte al otro lado de la carretera y, al cogerlo, vi tu nombre y tu apellido —dije mientras bajaba la cabeza.

Me sentía avergonzada. No había excusa que poner que explicara por qué no se lo había devuelto antes...

—Pero ¿por qué no me lo dijiste antes? ¿Qué tenía de malo? ¿Por qué no me lo dijiste el día de nuestro encuentro tras salir de la farmacia o el día en la oficina de extranjería o... incluso en tu casa, en la fiesta de Halloween, sabiendo que te irías? —preguntó extrañado.

—Pues por lo mismo que tampoco he tenido el valor de dar contestación a lo que me dijiste de camino a casa. Desde que te conocí, he fantaseado con este momento. Y sí, es cierto que no me imaginaba que el camino hasta llegar aquí tuviera tantas curvas, pero supongo que tener tu pasaporte cerca me recordaba lo cobarde que era, pero también que conocerte había sido real.

»Eso no es todo. El día del accidente no fue el pasaporte lo único que encontré.

A su lado, encontré esto —dije mientras sacaba el reloj de bolsillo del bolsillo de la sudadera.

—¡El reloj! ¡Lo tenías tú! —exclamó mientras abría su mano para dejarme que lo apoyara en él.

—Sí y no sabes cuánto lo siento. Sé que debí decírtelo antes, pero no...

En ese momento, me agarró la mano y, después, me besó. No podía separarme, no quería. Notaba el calor que desprendía y sabía que él también notaba el mío. Fue entonces cuando agarró el reloj, le dio la vuelta y, a pesar de los rasguños que me habían hecho imposible descifrar semanas atrás las palabras que en él habían grabadas, leyó en voz alta lo que ponía.

Al escucharlo, mi cuerpo se quedó completamente inmóvil, tanto así que los folios que tenía en las manos cayeron al suelo. Fui incapaz de agacharme a recogerlos y, mientras él lo hacía, comenzó a ralentizar el ritmo al darse cuenta de lo que se trataba. Le había hecho caso, no había dejado de escribir. Tenía en sus manos el manuscrito de mi primera obra, pero, al dar con la primera página, lo entendió. Entendió todo. Entendió que Trevor no mentía al decir que nuestros caminos se habían cruzado incluso antes que nosotros. Entendió por qué nunca había creído en las casualidades y entendió por qué todo sucede cuando sucede. Pero, sobre todo, entendió mi reacción al escuchar las palabras que Lili había decidido grabar en el reloj y es que sí, como ella, y al escribir el título de mi novela, yo también pensaba que todo es cuestión de tiempo.

Índice

I. Todos parecen saber algo 7

II. Un encuentro fortuito 19

III. La llamada 35

IV. Fecha de expiración 47

V. La fiesta.. 63

VI. La señorita Harper 83

VII. El mapamundi 97

VIII. Un mensaje en spam 109

IX. Ángel de la guarda............................ 117

X. La casa del árbol................................ 131